Kotter Editorial
2022

APESAR DE VOCÊ, EU CONTO

capa | projeto gráfico
Paula Villa Nova

coordenação editorial
Sálvio Nienkötter

Revisão
Teresa Teixeira

editor executivo
Claudecir de Oliveira Rocha

Arte da capa
Fabrício Lopez

editores-adjuntos
Daniel Osiecki
Tiago Goes Cardoso

produção
Cristiane Nienkötter

Dados Internacionais de Catalogação na Publicação (CIP)
Angélica Llacqua CRB-8/7057

Amoreira, Flávio Viegas
Apesar de você, eu conto | Flávio Viegas Amoreira
Curitiba: Kotter Editorial, 2022.
152 p.

ISBN 978-65-5361-047-7

1. Contos brasileiros 1. Título "Apesar de você, eu conto"

CDD 869.3

22-0920

Kotter Editorial
Rua das Cerejeiras, 194
82700-510 | Curitiba/PR
+55 41 3585-5161
www.kotter.com.br | contato@kotter.com.br

1ª edição
2022

Flávio Viegas Amoreira

APESAR DE VOCÊ, EU CONTO

Dedico estes contos transmodernos a dois heróis da liberdade e do amor: Herbert Daniel e Leonilson que partiram pela luta por ambos sonhos de resistência...

A amiga poeta portuguesa Teresa Teixeira a quem devo a heroica revisão destes contos e ao mestre José Rubens Siqueira quem mais motivou a reunião das estórias.

SUMÁRIO

ANTIPREFÁCIO

Há quem diga que "As Neves do Kilimanjaro" é o mais belo conto escrito por Hemingway. Já García Márquez apostava todas as fichas em "Gato na Chuva", do mesmo Hemingway.

Tchekhov, considerado o mais talentoso contista da literatura mundial, ombreava-se com Maupassant, mas ninguém foi mais reducionista e brilhante como o escritor guatemalteco Augusto Monterroso ao escrever: "Quando acordou o dinossauro ainda estava lá". Há controvérsias se esta única frase pode ser considerada um conto, mas Vargas Lhosa, mais de uma vez, se referiu a ela como um conto genial.

Flávio Viegas, com seus 52 minicontos, dispensa apresentação: poeta, contista, cronista, articulista e professor de escrita criativa. Como definir seus minicontos em tão poucas palavras? Temo não ter dado conta do recado: contos pós-modernos? Transmodernos? Ou surrealistas? De qualquer forma, revolucionários. Vejamos seu conto 52: "algumas ocasiões sonhamos acordados outras nem isso o desejo tão cortante nessa forma em que estamos embutidos algum sentido de sentimentos que voam como patas de elefantes..." Elíptico como deve ser, não envergonharia Monterroso.

Edson Amâncio

Escritor e neurocientista

DANTE

naquela noite sem nuvem descia com o amigo silente pelo baixo augusta: um voo rasante dum inesperado pássaro noturno e tínhamos pressa para a última composição de metrô naquela madrugada porque a noite avançara sem tédio perpassando nossos halos de cerveja: eu notara um pedestre tão inesperado quanto o pássaro: ele tinha mesmo nariz aquilino e expressão grave de dante alighieri em direção ao paraíso era cedo na vida para planos e nenhuma culpa pelo passo tranquilo toda estação de trem um microcosmo nem cidade nem caminho nem destino nem sítio próprio um ovo para que se cruzem os variados tipos: aquele senhor não era estranho a Milton: tomou liberdade de sentar na mesma mesa: sim! terminava meu tratamento pavilhão número 6 ala b você sempre carregando um livro no alpendre entre outros pacientes o distinguia pela timidez e o livro sempre presente vai para onde? uma cidade depois da capital junto ao mar chamada bagagem e você?

— sigo para a montanha vale do peixe recuperado mas em busca do mesmo rumo de sempre...— me recordo rs... à procura dum rumo — pois é porque a gente se atrasa no caminho distraído do que é maior que ele o tal rumo e vem o doutor imponderável e desarruma todas as cartas mas o rumo ainda fica intacto porque rumo não tem detalhe amigo... rumo... rumo! — despediram-se foi esperar outra composição olhando o jardim lateral da estação impessoal com flores banais que sustentavam a paisagem...

MISS MANSFIELD

todo fim de tarde ela abria sua cristaleira dois copos duas doses de martini e o som de debussy ao piano na velha vitrola olhando o mar brasileiro da sua sacada: tudo em duplo para saudar o crepúsculo e prantear em digno silêncio um amor morto na normandia: seu nome Henriette ainda bela aos 93 anos airosa altiva recordando as praias de brighton michael redgrave no old vic tinha teorias sobre o jack estripador ainda dizia ouvir ecos dos bombardeios de 1941 e o amor dos britânicos pelos trópicos... foi minha vizinha na década de 80 e sempre me parecia sósia da rainha mãe ou de agatha christie: sempre amei os ingleses pela ausência de preconceito típico do seu cosmopolitismo: vinte anos depois recebi dum seu sobrinho antropólogo em missão na amazônia algumas cartas não enviadas dedicadas ao "meu amigo brasileiro"... citava keats dizia nunca esquecer meus poemas e se fazia importante ter paciência com o mundo bruto: "todo entendido devia ter uma amiga inglesa"

ALAMEDA SANTOS

naquela noite esperávamos Branca Clara: eu Bob e Mirella naquele apartamento com imensa sala dando para os jardins depois de seis meses reclusa por abandono amoroso esperávamos Branca Clara voltar ouvindo sting num modo lento de esperança refeita e novos projetos sonhos retomados quando já meio altos de vinho branco beliscando frutas secas dava prá ver o ibirapuera ao longe lembrei que a paulista estava à altura de itanhaém no sentido do mar e não demoraria Branca Clara a trazer algum queijo e mais vinho: sua voz era ótima no celular encontrara forças na solidão diante do espelho da casa de praia barulho do mar; Mirella de camiseta cavada azul claro nos entretinha simulando isadora duncan eufórica pelo quarteto composto Bob cortava um parma que nos trazia nas almofadas soltas enquanto ouvíamos agora viktor lazlo já era para Branca Clara ter dado sinal que chegava ali pela alameda santos depois de seis meses tocara direto interfone pelo zelador que também esboçara alegria sem aguardar nos beijamos de quatro gargalhamos de quatro e enquanto a aragem do descampado rompia as cortinas nos amamos mais de abraços dormindo até o sol renovar nossos rumos em confraria

HIPSTER

sempre guardava uma reserva de abobrinha no dia algum momento de frivolidade: a reprise do "casarão" dicas de guisado com rodrigo hilbert algum disco esquecido de isaurinha garcia saber da vida dum atleta em desgraça perder meia hora de conversa com o apontador de bicho algum preparado novo para o escalda pé um faroeste no começo da tarde fazer cochilar dar atenção ao telemarketing pelo inusitado da voz rever "melodia imortal" ficar de bobeira na janela vendo movimento na saída do mercadinho aconselhava essa prática aos deprimidos: uma hora do recreio intermeando os pensamentos graves as tarefas do intelecto refazer o ar com um programa de auditório imbecil depois de ter lido james joyce

VINTAGE

amigos alguns que ainda colecionavam corujas de madeira bibelôs de pinho de cidades visitadas alguns maços de cigarros antigos me recordo de capri outro mais vintage guardava desde as matinês de tubarão e inferno na torre aquelas caixinhas de mentox e pacotinhos de drops dulcora com o tempo Ted foi acumulando casos de colecionadores desde depoimentos em fita cassete até lives de novos apreciadores de bonequinhos de chumbo vestidos de soldados das guerras napoleônicas deliciara-me com o relato dum viajante que envasava águas de rios obscuros: do muni na guiné equatorial até alguns rios curtos que desaguavam nas águas do mekong da minha parte confessei poeta amealhar delírios serem contados sensações serem impressas orgasmos do espírito retidos em palavras...

HELMUT BERGER

nunca tinha conhecido outro tão terrivelmente belo. foi numa escala em tânger vindo dum congresso de semiologia em roma ele depois de ter participado como navegador do paris dakar: brasileiros tratamo--nos vizinhos de porta recordo outra senha: tomávamos gin tônica quem bebe gin tônica vira confraria dizia Charles íntimo do narguilé antes da moda leitor de john fante antes da moda bissexual antes da moda livre éramos antes e depois de qualquer injunção do tempo dormimos nus num antro da kasbah era uma noite de antonioni seca nus de corpos nus duma ancestralidade tácita Charles era a cara de helmut berger filho de croatas maxilar quadrado maçãs de rosto rubras olhos caramelados sentia-me saído dum cabaret de figuras bizarras diante da beldade toda ela me intimidava mais velho ele dizia curtir maduros professorais despojado vesti-me sátiro ganhei autoestima até sentir Charles o que tinha que ser o visitava em saopaolo os pais antiquários badulaques máscaras javanesas olhos gregos estatuária dalmaciana moravam naquele tempo ainda tito vivia o pai com pestanas de brejnev a mãe lembrava-me shelley winters secos feito ar de tânger anticomunistas até a medula estranhavam meus modos barba rala bolsa couro tiracolo mais que tudo estranhavam minha calva leninista minha autossuficiência leninista meus hábitos nossas matinês alternando clássicos japoneses na liberdade reprises liberadas de pasolini peças de artaud encenadas em garagens para os lados do bom retiro os velhos sacavam sem entender que todo louco e éramos loucos era comunista veado Charles e eu eram "todes & menines" antes do novo léxico porque era 1981 corremos botecos trocamos gin tônica por rabo de galo depois cerveja editamos livro poesia massao ohno éter marijuana ele amou joana eu flertei marina nunca mais soube sem carta sozinho no mundo segui dando aula quando passo no prédio artacho jurado me pergunto: abduzido sumiu na mantiqueira virou hare krishna baader-meinhof brigadas vermelhas por onde andara meu helmut berger eu no mesmo bar do grego numa brecha da pandemia ainda o espero quem sabe onde andará helmut berger nós primeiros não binários bebedores de cerveja

TED

não aprecio aquela rua Ted não tem sombra de árvores o cimento nu me deprime gosto de cortar por aquela praça com mesas de dominó escorregador para crianças e mesas do boteco não temo o escuro da noite Ted tomemos um beco com mais belo casario até a praia me deprimem alguns ambientes esta cidade tem canais e eles mesmos não navegáveis exalam arbustos e maresia não me apetece Ted as ruas sem personalidade: não gosto de ambientes sem vida Bob nada me entristece mais que balcões de bar vazios assim como ir ao louvre sem pessoas circundando a mesma observação dos quadros lembra do horror das festas em seu começo constrangedor? adoro mesmo quando já o enxame de convidados sinto como você Bob: ai aquela loucura de pessoas brindando acenando se comunicando duma calçada para outra na "dolce vita"! Ted você percebeu que somos movidos por sensações e atmosferas: sigamos o contorno daquela igreja porque cidades sem praça igreja e reflexo de vidas se encontrando não me redimem nessa madrugada quando algo lhe soou estranho lá pelos 14 ou 15 anos principalmente depois de ler nietzsche Ted abraçou o absurdo não com simpatia mas imperativo dum mundo sem fé: a busca pelo dinheiro soava estranha a monogamia uma limitação tudo redundava em inútil talvez porque abraçara a sagração das inutilezas douradas: tornara-se poeta nascido poeta melhor dizendo... quando lera sobre a barata o inseto o ovo a galinha em kafka e clarice sentia-se em casa... via beleza nos que dormem na praça com coreto em noites de lua sonhava carona descendo numa cidadezinha no meio dum vale com igrejinha no meio e um boteco com caixote feito assento e parava perdido diante de qualquer aquário com peixinhos coloridos... tudo era acaso e quando o destino trazia surpresa má ou boa porque as boas existem saudava ao vento livre: "em honra do doutor imponderável..."

FOI NO VALE

todo amor de Cristiane era realíssimo naquele tempo: um desejo concreto e objetivo imediato: janeiro de 1984 naquele fim de comício pelo diretas-já ecoando nas ruas que cortavam os fundos da sé atravessou o vale foi com amigos para as bandas da praça dom josé gaspar naquele rebuliço que soava orgasmo coletivo eram uns quinze que vinham meio juntos até aquele boteco ao lado da mário de andrade uma tarde fodida de linda chapéu de banda Cristiane sempre me lembrou charlotte rampling tanto que foi confundida com repórter estrangeira cobrindo o despertar do povo brasileiro fumando hollywood sem filtro era linda feito o raio de sol esquadrinhando a cidade mais linda por ser feia do mundo: Cristiane era um deslumbre! ninguém mais fala deslumbre! pois era Cristiane mineira estudando medicina na usp conheceu meu amigo Bernardo morenaço com pinta de beatnik cabelos em coque quando nem era ou já tinha passado ser moda amaram-se o tempo da euforia da emenda dante de oliveira: eu sei que dormiram naquele kitchnette no copan que vagara do lado do meu: foram os três meses mais felizes da nossa patota porque esse termo ainda existia com bom conceito: dois estagiários da folha um cartunista do chiclete com banana um guitarrista do lira paulistana uma atriz do antunes e as diretas... quando choramos bebemos depois do telão na roosevelt vez ou outra encontro um membro daquela confraria solta do boteco do lado da mário de andrade fuçando no facebook Cristiane e Bernardo foram o casal mais lindo que não ficou junto que conheci... mas ainda ouço belchior e lembro que houve uma vez aquele verão para provar que no brasil nada dá certo por muito tempo

COMEÇOU NO OFICINA

da turma do terraço cerveja em punho e primeiros amores meados anos 70 todos seguimos para o mundo ex-guerrilheiros ex-militantes de esquerda ex-utópicos chegados a um fuminho perduramos até os trinta anos depois aderimos às confrarias de vinhos voos internacionais agenda de managers ceos com algum arroubo ecológico liberados nos costumes apesar de alguma desconfiança as tangas de crochê e selinhos entre amigos que mantinham-se desbundados frequentando teatro oficina Teresa Charlie Mateo Aldo Miryan e eu levávamos a cidadezinha de bagagem na saudade tão brasileira sem nunca passarmos mais que os dias de natal em nossas origens voltando inefável na cidade nosso companheiro de geração de modos de sonhos o mesmo Alberto cognominado very good pela ausência de compromissos ambições ainda surfando aos sessenta anos nosso elo perdido com aquilo que tínhamos mantido naquela bruma no tempo congelado entre personagens para nós como retratos na parede

CLARICE

nunca tinha visto uma biblioteca de perto amontoado de livros lombadas possantes num cromatismo que a encantava porque as cores tinham a delicadeza para todas do mundo ainda que formalmente inculta brilhavam com letras dispostas estórias de josé de alencar ainda que os termos eruditos pulavam ficando com o sumo do enredo de damas em charretes pelo ouvidor naquela tarde em que o sol recortava o cômodo aconchegante Clarice deixara-lhe as chaves para a faxina enquanto em petrópolis ela tomou lolita de nabokov desconfiou da safadeza leu páginas de gulliver muito juvenil para menino quem sabe caiu de cabeça no diário "minha vida de menina" era sobre sua minas gerais quando escrevia com e pros lados de diamantina ficou siderada refestelou quase dando cabeçada de cochilar era macabéa primeira vez tinha essa liberdade por que não dissera antes à patroa? ia fazer gosto porque ali não era só espanar cozinhar tinha cerimônia disse da descoberta se formou pro-

fessora em caxias deu nome de Clarice sala de leitura
da escola nunca esqueceu da menina 16 anos lendo
o diário afinal ela um dia podia ser também escritora

COPACABANA

durante muitos anos repetia a mesma visita ao velho barzinho da praça entre atlântica e barata ribeiro passando pela copacabana ali altura da hilário gouvêa dessas praças oásis na loucura que ganham com essa opressiva tranquilidade nesse tempo bebia-se batida de caju anos 70 final de ditadura um brinquedo de balanço quatro bancos notava um casal protótipo boca de sino ela cocota pareciam saídos dos mutantes todo ano me hospedava por perto bebericava mesmo bar o casal digno de telenovela fofos diria-se mais tarde estranho que durante quarenta primaveras repetia ritual mesmo namorado em ângulos diferentes eu casara descasara filhos adultos a dupla ainda meio hippie sem marca nenhuma decadência pernas entrecruzadas eu passado em anos grisalho agora só cerveja ousei me aproximar munido de celular seria loucura cisma impressão estava em 2020 mesmo chamego sorriso kolynos alheados do trânsito de pandemia eram jovens sem nenhum traço decrepitude rancor ressentimento beijavam-se com promessas de milênios...

SEVENTY YEARS

naquele espaço amplo plantava todo gosto por Jeff o vento solto soprando o cortinado de tule azul cobalto do céu de verão nada que abafasse o desejo oprimisse vinho tinto ainda espocando das bordas os dedos pensos passara pelo quarto forrado de clássicos em bom estado lombadas prateadas cigarrilha de java brincavam ao som de piazzolla sorria abafando o alarido dos bares que cerravam as portas quatro andares abaixo Jeff ainda mantinha o sorriso de ryan o´neal despido de pudores só generosidade não atentei para seu sorriso de gato de alice triunfante diante de meus arroubos fragrância almíscar bebi outro trago despertei afoito tentando voltar desesperadamente voltar enquanto suspirava derrotado com duas abotoaduras em meu leito só

MOCHILEIRO

só no mundo feito folha seca de tanta maturação num verão que prometia desabrochar talvez na solidez das cores um rebento na estrada alguns livros essenciais na algibeira muda de cuecas calças rancheiras boina feltro bege claro trancara quarto e sala iria de carona numa época em que escasseava gentileza o temor sufocara fraternidade dos loucos algum ônibus intermunicipal banho de bica no posto gasolina saía dizendo pronto! limpo cheiroso! pé na tábua ia do mar até uma aldeia pós capitalista com escambo para viver bebiam na mesma moringa faziam sexo ligeiro na estrada toda ela paisagem até chegar de primeiro um grupo de frades e Juan argentino com vinho de garrafão que vinham das cordilheiras em jeep aberto pararam num barranco com delicadeza compartilharam parte das vidas Juan retomou num caminhão de banana o que bastava como sustância até ao derradeiro trajeto que ia dar num regato era um batizado no mato e ele que precisava de verde:

meu nome Felício poeta suas ordens também sirvo de parceiro cozinho lavo dando dormida durmo pouco qualquer canto dando para o horizonte

ELE TOCAVA MOZART

tinha as mãos alvas um cheiro inusual para um menino brasileiro: alfazema gestos delicados tranquilos mesmo naquela azáfama de entra e sai do trem que já anunciava movimento de descida da serra entre a luz e o valongo santista: dia calorento típico mas o senhor usava um colete sobre a camisa impecável: afetava até a dignidade equidistante dum cardeal com aquela sobrepeliz azul emoldurando seu tronco saliente encimado por uma cabeça sólida um rosto nobre com farto bigode que não escondia um sorriso para Quinzinho: durante o trajeto oferecemos nosso lanche brejeiro recusara com distinção lia um volume entrecortado por distante mirada para os contrafortes da mata atlântica: com uma curiosidade de naturalista fazia anotações e ensaiava alguns rabiscos quem sabe das estupendas bromélias... dona leonor os quatro filhos era aguardada pelo marido em santos cochilava as meninas cochichavam e já na altura de piaçaguera o cavalheiro na poltrona defronte esquadrinhava o jornal em língua estrangeira fabricando aviõezinhos quase perfeitos para o garoto que aceitava com aquiescência simpática da mãe: o papel era espesso de modo a manter o artefato por um dia... nenhuma palavra mas uma comunicação que deitaria bom tempo na lembrança afinal seus avós eram carinhosos mas atabalhoados não eram dados a finura nórdica que aquele personagem ostentava: na infância a variedade é mais denotada para os petizes atentos... no rebuliço improvisaram uma despedida com ademanes de cabeça e o sorriso já impresso foi correspondido por um aceno de Quinzinho... o homem levava uma valise e uma malha fina no braço um chapéu tirolês e seguiu num bonde até a balsa que levaria ao guarujá caminho da outra margem do estuário... as areias do gonzaga por sua vez esperavam a família braga... Quinzinho formado médico hospital das clínicas 15 anos depois numa banca doutor arnaldo observa as manchetes uníssonas dos diários paulistanos: "caçador de nazista anuncia captura de carrasco foragido" a foto estampada não negava aquele sorriso nas curvas férreas da estrada de santos...

LANA

o que era para ser bater um carimbo para prestar um concurso fizera o professor cruzar um bairro des-conhecido deparar um sebo quando descobria uma sebo qualquer alfarrábio livraria de subúrbio salivava contava dinheiro qualquer barganha pechincha bio-grafia romance ambientado na toscana poesia argen-tina contos vietnamitas tinha também a decoração quadros amarelados restos de coleções juvenis olhos gregos protetores gatos chineses cds num canto da vitrola também a venda regalo dum freguês ancião simpatizado por Lana loira linda meiga culta não usaria mais adjetivos Lana amava lygia recitava silvia plath de cabeça Lana ouvia elis regina mesmo naque-les anos 90 meio esquecida Lana trocava cartas Lana tornou-se sua amiga rápido não sabia se Lana amava rapazes moças Lana tinha algo de marlene dietrich depois mudou para um sebo na teodoro sampaio o professor mudara de rota passou dois meses férias itanhaém dum bar da esquina agreste sol a pino ligava para Lana saber novidades novo paul auster usado novo saramago usado o português entrara na moda dia incerto Lana não atendia venderam o sebo só tinha na linha do sebo referência do sebo talvez soubessem de Lana na sede do partido na padoca da esquina onde tomavam cerveja porque nunca pedira da casa de Lana se viam toda semana não carecia o dono do sebo no rio amigas de Lana em comum referências outras não tinha passaram dois anos verdade desespero por Lana virava saudade sem chance numa festinha ateliê detonado alameda nothmann vinho de garrafão cerveja quente alguns livros em pilha perguntara ao pintor tinha cioran augusto dos anjos uma biografia de freud romances existencialistas catalogados bom preço no verso sobrecapa sebo antiguidades de Lana

BOB

pensou melhor lembrou sem raciocinar imagens viagens gruta azul capri aquela avaria pouso forçado no deserto da tunísia deserto de perspectivas ainda que ruínas de cartago o detivessem mais um dia voltara ao village alguns dias com Bob pelo menos conversavam tendências da poesia pós moderna loft pé direito alto alguns amigos hipster antes da onda hipster curso em austin literatura brasileira semana meia no deserto do arizona os desertos punham-no a prumo voltara ao brasil dois livros na mira colocar no papel ampliava o tanto mais que fazer desfazer mala não trocaria mesmo o regent crillon george v naquela cidade verdade seja dita distrito da bocaina gente fazendo cerâmica comida no tacho duas biroscas um basculante fazendo vezes de táxi até sede do município nem assim usava bermuda hábito de roupa leve convidou Bob para temporada no brasil entendia o que fosse no soho cunha areias saopaolo Bob saciava entre um trago e outro de cerveja decente revisava seus textos tinha sido amigo de james merrill outros poetas perdidos pela aids com Bob sentia-se beat entre mantiqueira paraty uma paz imensa entre caboclos com saber de joaquinzão espreitando sem desconfiança dois eruditos sem pretensão de eruditos mesa de zinco entretidos com petiscos numa pousada digna não que fizesse abafado sem os pudores de janelas cerradas pitando algo baseado em liberdade

1984

saímos da manifestação comício monstro no anhangabaú pela libero badaró Bruna eu & Mateus exultantes sentamos naquele boteco de esquina ao lado da mário de andrade povão descendo ladeira sentido consolação augusta entrando no estadão Bruna linda sempre lembrando jacqueline bisset eu de caso dividido entre ela e Mateus ator iniciante do oficina ilustrador da folha seguiam-me nas opiniões trotskistas leitores de marcuse tardios aquele 84 de certa forma nosso 68 dividíamos um quarto sala no copan um fogareiro começavam a surgir miojo cerveja de latinha amendoim japonês dormíamos de mãos dadas olhando as estrelas clichê que nos permitíamos apontando algum avião distante lembrando das férias em santos colegas do santa cruz colegas de crisma colegas insurreição dum mundo por vir deixei Mateus triângulo cansara primeiras rusgas Bruna engravidara ele estreou primeira peça de porte desbunde conheceu caras e caras experiências como ele dizia passado um ano meio nos vimos de novo no pirandello noite de autógrafos não me lembro se plínio hilda lygia toda "classe artística" do baixo augusta pálido magro pelos do peito sumidos fumava loucamente vida punk noites indormidas marcamos eu e Bruna rever nosso filho Bruna com puta saudade quem sabe um luau urbano pode levar colegas de cena despedimos sem mais dizer júbilo vontade fosse padrinho de Mateus nosso filho sim homenagem no nome eu dividia tempo na puc Bruna artesanato apostamos numa pequena livraria editora na teodoro sampaio quando soube Mateus nosso vértice parceiro cúmplice de namoro fui coragem destemido só consegui uma lágrima por Mateus no emílio ribas terminal Mateus lindo com lábios de mick jagger

OSLO

decidido ser um escritor norueguês receberia pensão por ser um escritor norueguês quando em oslo ganharia uma dasha dasha não porque não seria um escritor russo seria norueguês num chalé no meio do bosque recebido reverenciado porque em oslo ainda cultivam escritores de qualquer parte do mundo ouvem leitura de suas obras na língua de origem ainda pagam para ler seja em javanês yanomani birmanês ouvem ouvem pagam para ouvir poetas recebem poetas servem-lhe drinks canapés imagine eu que nunca fui recebido porque nos trópicos onde vivo escritores poetas dramaturgos atores pensadores são os últimos em prestígio nos salões onde pontificam sertanejos pagodeiros caga-regras televisivos decidi! ser um autor norueguês ainda que quando em oslo sentisse falta jeca mesmo sendo erudito de arroz feijão frango de padaria salame bebericando cerveja ordinária ainda que nos trópicos não seja bem visto escritor bebedor de cerveja ordinária meio agnóstico talvez gay de saco cheio por ter carregado por anos minha utopia não sendo um poeta norueguês! em oslo ninguém se liga por ser meio gay ninguém fala em religião mesmo vivendo a utopia de ser um escritor norueguês autor visitante estadia paga ainda por cima me dão ouvidos! porque tenho o peso da desigualdade desumana dos trópicos onde se queimam florestas pobre não tem vez todo mundo só fala em religião preconceito odeia arte não suporta meus modos de futuro escritor norueguês

SIMÃO

era de minas interior sem eira esquecido de lugar só de longe de tudo do mundo ele Simão carrilhonista sineiro de alcobaça mestre de igreja jovem envolvido com o telurismo de céu vento instrumentos dantanho dado as ampulhetas ábacos augúrios dobres toques de júbilo morte adventos tinha irmã pai velho viúvo um seu tio vendia apetrechos na capital ele vinte anos feito ainda que todo moço nos jeitos sem apetrechos despacho atitude foi de expresso para a cidade mundo dobrado outro infinito que não seu naturo de pegar no laço dar engonço fazer embalo esse da cidade doida era todo dele perdido o caminhão aportava ele zelava da roça os produtos pousava na vaga dum puteiro perdido de hora relicários sensação de zelo prece tudo sem santidade bruto de cheiro sentimento razão pura Simão adoeceu dos nervos calado até que num descansar da lida foi levado em turma a conhecer o mar ali debaixo daquele inferno de pedra sentiu o mar parecido doutro jeito da terra descampado o mar era também capaz de arado de algum eito pedia algum modo de arado voltou um ano pediu as contas que não era fome de renda nem garbo nas vestes daquilo só provou duma dona arrancou ao canto a irmã já com filho marido acertado Simão vendeiro se dispôs ao novo vigário nunca mais tornou outra banda daquela lonjura só do mar nunca esqueceu

MANOLITO

Manolito era o pato manco patinho feio da família não que fosse feio era sensível doce diriam depois amaneirado vindo bebê da galícia rural moravam na mooca pai sua mãe três dias solteironas parecendo saídas de bernarda alba de preto chamadas urubus trocadas de nome na imigração: cinédia vera cruz & maristela o avô lera anúncios de estúdios de cinema assim ficara para consumo social as desculpas reticentes sobre casamento acabaram enfáticas por desilusão invioladas o menino crescera entre missais féretros da colônia a contrição católica que só galegos conhecem obscura mortiça dramática condição de vidas no escuro com algum vinho comilança para alegrar trabalho dinheiro poupado renda claustro doméstico era tudo que ele leitor liberto sacana como só galegos sabiam sê-lo afinal bunuel só poderia ter nascido galego Manolito louco por cinema hollywoodiano sonhava com seu redford no porão da casa assobradada penumbra escrevia diários seriam livros futuros brincava de primeiro sentidos se sarita montiel até conhecer Pepe iam ao lido marrocos espreitavam as putas na aurora tomaram rumo diferentes ainda que ambos artistas da literatura & propaganda marketing design trocaram parceiros adultos marcavam drinks no riviera comentando o sexo juvenil diante da efígie onipresente do generalíssimo franco que era melhor canto para foder com amor duplamente clandestino aos olhos do ditador grande filho da puta era transgredir duas vezes...

PHILIP GLASS

domingo no parque para ouvir philip glass ibirapuera cheio tantos anos depois de ouvir philip glass em sãopaolo quem diria público raro domingo de sol sozinho nem todos podiam ouvir philip glass num domingo de sol no parque quem diria ver e ouvir philip glass em sãopaolo a possibilidade de encontrar amigo ex-namorado encontrar amor do passado algum desafeto não não é remota tribos cruzamos as mesmas sempre tive comigo que desde paris a sãopaolo centros cosmopolitas guardam meigo provincianismo quantas vezes reencontrei colegas da faap no tatuapé colegas de ibiúna em festinhas no copan colegas do dante alighieri em reuniões do partidão na freguesia do ó naquele domingo saí cedo de guarapiranga casa meiga mato estúdio nada recatado para ouvir philip glass no ibirapuera qualquer canto ponto para ouvir philip glass nenhum tumulto sentei num ângulo bom quando revi Fabrizio reconheci apesar de agora com ares de domingo em saopaolo esposa linda dois filhos casal soube tinha voltado para sãopaolo pai extremoso mais atento aos filhos que a esposa linda desprendida com jeito de dona de boutique sem interesse em philip glass Fabrizio ganhara peso casado pai atento fascínio nítido pelo casal de filhos grisalho ainda mais belo um senhor depois de vinte anos revi Fabrizio trocava palavras gentis com circunstantes ouvia philip glass revendo meu passado todos circunspectos no parque ouvindo philip glass tranquilo não corria risco ser visto por Fabrizio a esposa linda jeito de óscar freire nitidamente fazendo imenso esforço para domingo de sol ouvir philip glass em saopaolo voltou-me à memória noites com Fabrizio no aeroanta noites com Fabrizio que conheci no lira paulistana noites com Fabrizio no empanadas bebericando cerveja quente papo sobre mapplertoppe basquiat os romances de gabeira voltado do exílio as primeiras edições do nome da rosa as primeiras edições de memórias de adriano quanta paixão intelectual que passava ao corpo Fabrizio self made man da zona leste eu vindo do mar bolsa no equipe bolsa na faap mais apaixonados por literatura e música que arquitetura com toda vontade mudar o mundo esse clichê obrigatório que volta sempre à cena Fabrizio top de construtoras emergentes soube big boss da emergente berrini casado dois filhos capa de revista esposa capa de revista voltou um filme nossas incursões psicodélicas nossa viagem a ilha de ischia nossa viagem a sardenha nossa pesquisa em arte etrusca nosso tesão por barthes nosso tesão por roy lichenstein nosso tesão por tudo que cheirasse contracultura densa nosso tesão por philip glass que assistimos nesse domingo incógnitos anônimos um do outro era outro Fabrizio ainda que espreitasse o mesmo jovem que queria mudar o mundo que eu ainda desejo mudar sozinho em meu ateliê na guarapiranga engolindo em seco quando voltei do ibirapuera o passado mudar o mundo minha utopia que era nossa agora um retrato na parede de minha memória de homem desencantado além dos muros de meu estúdio livros discos e nada mais

NOS TRÓPICOS PODE

Frederik Anders era seu nome assim me contou Adam morava lá por 1970 em são vicente balneário que atraiu tantos estrangeiros desde auge do café veraneavam ele não já octogenário empresário de sucesso desses com barco na represa casa nos jardins sócio do jockey frequentador do massimo jardim di napoli heinz pandoro até ia mas seu gabinete era entre livros lembranças romances de knut hamsun selma lagerdoff isak dinesen foi o primeiro falar na festa de babette entre nós ouvia grieg logicamente não perdia mesmo financiava encenações de strindberg ibsen rendera-se à feijoada caipirinha boleros de gregorio barrios roberto luna como quem coleciona runas ou lê andersen nos trópicos não que fosse só gostava dos sobrinhos todo conforto ele cultivava círculo de iniciados em alta literatura bergman glauber física quântica parapsicologia discos voadores no litoral paulista vinho branco strogonoff introduziu antes da onda sem descuidar do porto linguado aspargos sem nova pista sem novo acesso à serra são vicente sossego ele viera aqui fim da guerra enriquecera em metalurgia foi primeiro comprador de mário gruber darcy penteado teruz bibliófilo todo dinheiro aos sobrinhos acervo chopp no gáudio erudição já trazia dinheiro de estolcomo neto de barão na suécia neutra de araque o rei gustavo v com medo de ser denunciado pelos nazistas por terem descoberto seus casos com rapazes lindos todos correndo risco de irem para auschwitz para manter silêncio sumir do mapa vindo para a áfrica nosso mestre de xadrez mahler gosto gastronômico saraus de poesia islandesa dizia sem remorso que o jeito foi fugir para o brasil

GÊNOVA

à avó portuguesa nenhuma intelectual lhe contava do encanto por ravena quando imigrantes no brasil já estabelecidos podiam fazer a sonhada viagem ao velho mundo donde vieram uma cor o mar por perto passagem de povos romanos bárbaros bizantinos foi lá que mesmo numa praça domingo sem turistas do oriente encontrei sentido aquela epifania embrulhei uma piadina parma "vin de la Maison" o ordinário eterno para meus olhos de céu infinito encontrei Bruna e Thiago vindos de bolonha amamos nos amamos na cidade esticamos mais uma semana talvez fosse dante alighieri talvez fascínio por teodorico justiniano teodora foi lá soubemos da morte de diana que para nós não eclipsara a morte de madre teresa quase no mesmo dia na verdade estava de olhos em ravena na melancolia que traria ao brasil porque desde os vinte seis anos uma melancolia que não chamo depressão vazio que suplanto com poesia que suplanto cálices de chianti amores como aquele que tive por Bruna e Thiago alternados pelo amor por minha melancolia para fertilizar apesar de tudo amor por enzo com quem vivo e não se importa quando abro janelão da alameda santos espreitando lados do ibirapuera lembrando daquela tarde que ligou todas pontas de amores e melancolias a partir duma praça em ravena

HENRIQUE

foi um amor assim quatro paredes um aparelho em santa cecília víamos do esconderijo a construção do famigerado minhocão eu e Henrique sós aguardando instruções depois da queda de marighella atônitos ilhados tínhamos a mesma idade vinte anos gritos de gol de rivelino clodoaldo sabíamos pelos urros frio de saopaolo aconteceu mesmo sendo impensável ao partido do decadentismo burguês um desvio ideológico eles eram tão caretas no comportamento quanto os milicos mas trepávamos à luz duma réstia que dava para ver também a rua das palmeiras com bandeirinhas verde amarelas mapas no chão cheiro de pó de café aconteceu porque além de revolucionários liamos castaneda escondido herman hesse até que permitido coca-cola não mas também não nos fazia falta vinho chapinha falávamos de ovnis do erro de praga dúvidas sobre a ação armada mas sem volta passamos seis meses as visitas por senha ida padaria boteco rádio de pilha baixinho soube que Henrique fora para o araguaia deixara lívia grávida caíra na invasão do aparelho na lapa anos depois eu voltara da argélia o filho deles crescia a cara do pai calhou ser meu aluno na puc anos depois os gritos da tutóia me acordam até o viaduto agora tem poesia lívia nunca mais casou anos depois tudo anos depois deram nome de Henrique à rua em pirituba gabriel entrou para o psol nunca esquecerei dos olhos de Henrique em minhas pupilas cansadas de tanta utopia lutando agora contra um governo ainda mais filho da puta

FRESCO

flanava na josé paulino nas asas da imaginação tinha que ter decote discreto seda na saia drapeada fita de cetim na cintura buquê silvestre algo que realçasse os olhos verdes quem sabe tons de grace kelly com um véu diáfano feito namoro para namoro arrastado noivado longínquo pedido de casamento a pulso percorria o centro depois chá no mappin store casa godinho botica veado de ouro tomou bonde cortando largo são bento descampado da mooca vibrava com extravagância dum jasmin givenchy para a data assistira "suplício duma saudade" no cine marrocos não que ele fosse lindo não que ele fosse rico mas 28 anos já era tempo as comadres da vizinhança colegas da fábrica de tecido não que ela fosse feia também nem que fosse pobre mas sem jeito para a vida sem jeito para tomar iniciativa sem jeito para distâncias filha de imigrantes não que fosse resignada ficar para tia mas ele tinha anel de doutor isso animava garantido para a vida ele saí sempre pela tangente quem sabe preparativos acelerassem a resolução tinha que esperar formatura diploma e estágio um homem educado em excesso alguns ademanes delicados bom moço talvez não propriamente para o casamento bem o pai notara algo estranho ela se prendia pelo namorado pelo noivo pelo futuro marido sem passeios sem praia tinha um namorado pudico noivo recatado até que firmina em definitivo descobria não seria marido consumado nem macho garantido naquele tempo diziam um fresco dez anos perdidos até que casou com o primeiro que calhasse macho por excesso saído de negócios de cabaret do rio instalando negócios em saopaolo justo oposto assim porque melhor não perder tempo ainda que esse fosse de outras da noite era marido mulher direita ela ficara em casa pro resto da vida naquela época chamavam um bruto

ECOS DA TARDE

ele observava o velho com carinho de passado muito passado onde guardava o melhor dos sonhos Clara e ele namorando a resistência ao regime namoravam todos ideais de esquerda estudaram inglês juntos inclusive fizeram ela o clássico e ele o científico no dante aleghieri juntos inclusive se amaram com carinho de quem abraçava o mundo iam a congonhas tomar sorvete e ver o mundo ir e voltar cuba libre festivais da record amavam chico os rolling stones gostavam das coisas juntos eram juntos foram juntos em quase tudo entre 68 até 74 pensaram casar mas era tudo tão maior que casamento tudo maior que compromisso presos em ibiúna soltos nas praias de itanhaém naquele fusca que subia e descia a serra rangendo quando de amor agarros de quem sentia-se sozinho no planeta namoravam na hora do almoço no largo da memória trocando juras nos degraus olhando a praça das bandeiras entre viaturas volantes um brasil policiado para dois amantes carregados da utopia do seu tempo um dia juraram união no itamaraty esticaram no ponto chic viram a luz do sol surgir entrecortando a rua augusta andando a pé em silêncio ele arquiteto ela advogada estagiava num banco tinha olhos de lua olhos de infinito parecia saída de álvares de azevedo morena parecia saída de josé de alencar altiva audaz com ele abraçou aquele mundo extinto morreu no joelma ele jurou ser fiel à memória e foi mesmo casando filhos nunca deixou de visitar o velho ernesto todo natal lembrar-se sem pranto de Clara que agora já era tão antiga quanto a ilusão dum amor que quase não se cumpriu

JEAN JEAN

hoje Jean é um senhor grisalho do mercado financeiro minerva mora com uma neta dj que ganha horrores na suíça pois conheci Jean garçon na "medieval" loiro nosso ryan o´neil que lia hart crane que lia rené char Jean barman gogo boy eventual fissurado em heidegger por quem me apaixonei quando de sunga ele levava um elefante domado por "divine" em seu cangote Jean que me apresentou minerva estudante de grego clássico na usp ruiva numa saopaolo cinzenta de ditadura antes da aids nos encerrar com novas algemas passamos quatro verões juntos debruçados na varanda entre baseados vinho de garrafão cerveja morna uma vontade de saber das coisas virar do avesso saciarmo-nos de nós mesmos consumindo nosso tempo de poesia hábitos rotos pilhas estalactites de livros estalagmites correndo quarto sala de miçangas olhos gregos poesia de kaváfis que minerva nos lia no original deitados nos pufs naquela espreguiçadeira que dava descortinada entre badalos ver todo descampado do ibirapuera os pelos rubros dos pentelhos de minerva disputávamos eu e ela os braços de Jean habitávamos inclusive seus ombros fartos sonhando sobre a tatuagem uma âncora antiga em tempos em que tatuagem fazia sentido nos braços hercúleos de Jean seus músculos inclusive faziam sentido só tínhamos argolas na sala um saco de box na varanda um amor a três que desconhecia disputa nas coxas no peito nas bocas porque o sexo queríamos mesmo amar nossos arredores ouvindo glenn gould baixinho deitados entre os pelos rubros dos pentelhos de minerva a âncora de Jean ouvindo keith jarrett baixinho fazendo as contas do fim do mês rápido para não perder nosso tempo com a porra do dinheiro curto para um cobertor de tanto carinho Jean largou a boate minerva formou-se em grego eu reuni primeiros poemas falamos mesmo idioma uma viagem curta a trieste outra até sils maria um tempo em turim refazendo percurso de nietzsche esticamos em mikonos fora de temporada cruzamos o saara num voo capenga da mauritânia na volta alugamos chalé são tomé das letras perdidos no mato Jean se apaixonou por cioran leu voraz deleuze não enlouqueceu nunca mais foi o mesmo perdeu suas culpas de nós o mais complicado beleza demais cobra preço liberdade em nós cobra preço minerva toda formosura nos embalava no peito até as tarefas da casinha todas as mãos compartilhadas criamos um comunismo dos corpos comunismo das almas depois da queda do muro sabíamos que o poder da grana o mercado o sucesso ia dar merda fazer a farra Jean virou subversivo na bolsa informática no silício minerva marchand casou com um rothschild meio quebrado eu mais coerente assumi ser poeta dando aula na periferia dia noite guardo foto na parede eles me visitam em ilha bela algumas despesas Jean ainda beija na boca minerva diz fui homem da vida pensamos chegar aos sessenta logo numa festa de arromba quem sabe num final de semana bancado por eles filhos deles inclusive em barcelona

LAURO CORONA

foi em 1984 esperara aquele ano redondo para literatos apocalípticos integrados tinha dezenove anos paulista sabático no rio governo brizola desbunde tardio o primeiro samba em berlim aquela mistura de cachaça com coca-cola criada no mesmo rio quarenta anos atrás pela dupla orson welles grande otelo farejava os sebos na barata ribeiro que cortava a bolívar outro sebo na avenida copacabana comprara o livro vermelho de mao ainda na moda gabeira ainda na moda ouvia angela roro cada esquina no auge da onda alguma coisa no ar para quem fazia sexo com homens quem amava a beleza dos homens revistas de nus masculinos apreciava companhia de homens sem arquétipos afeminados não não! como estivesse num village mental entre warhol tom selleck stallone bruce willis basquiat robert mapplethorpe todos de bundinha de fora corpos sarados ouvindo marina lima em cada esquina na crista doutra ondas meninas com meninas e nós eu Konder e Walmir bebericávamos no galeto da domingos ferreira para os lados da siqueira campos eu jovenzinho poeta entre tias velhas madres superioras da desordem copacabana não engana um cenário clicado por alair gomes à noite descobria o submundo na galeria alaska num domingo com caderno b prosa & verso do globo depois de ler paulo francis o dines aprendendo crônica com raquel & zuenir entrei num boteco na serzedelo correia as velhas saiam da missa os cáftens cruzavam pra praia eu caderninho em punho apontamentos impressões do mundo esboços de poemas um adônis do lado da mesa meia década mais velho parecendo um george peppard dos trópicos notou o volume de rimbaud na minha mesa lindo efebo maduro lindo sorriso do olimpo falamos de poesia simbolista da morte de focault falamos sobre a partida de barthes mesmo eu professoral ele sacava via importância queijo em cubos salame fatiado chopp nem notava mais a beleza assustadora porque ele me dizia de tchekhov stanislavski me dizia de ana clara machado tivera feito teatro eu não assistia novela poltrão arrogante não via novela com desprezo por quem via fazia e gostava de telenovela! mas ele sonhava fazer dario fo brecht sonhava com aqueles olhos de mar sem fim fazer quem sabe algo de millôr flávio rangel mas aqueles olhos de pentimento dourado na praça serzedelo correia esquina hilário gouveia as diretas já tinham afundado pensavam em tancredo eu falando de poesia beat meu comportamento beat chopp gelado novo amigo trocamos telefone fixo meu luxo maior um walkman amarelo nos vimos de novo no mesmo boteco eu tinha banzo de sampa banzo da teodoro sampaio amizade com aquele adônis opinei sobre teatro para ele opinei sobre caminho para um ator sério voltei a saopaolo certa vez cruzei com seu rosto numa revista de telenovelas na praça calixto nunca esquecerei das tardes com adônis em copacabana falamos por telefone várias vezes sem pudor por ele fazer telenovela recomendei lesse pirandello sempre fui de recomendar livros de arte sempre estive na espera do espírito dos rapazes lindos dum parnaso impossível soube que se entreteve com meus contos dos primeiros livros fugidas no autorama temores de amores temores de sexo que aquele meu amigo eventual duma fraternidade intuída tinha morrido aos trinta dois anos de aids ele lindo olhos azuis cobalto trinta dois anos Lauro Corona

FASCISTAS HIGH-TECH

já de meia idade e por certo desprendido do que não fosse espírito cultivo rotina entre livros na varanda tarde pôr do sol na vila madalena bebericava na cardeal arcoverde bares menos glamorosos excogitando debalde como são as coisas resumo da ópera aquele seu ideal de progresso de mentalidades tinha desvanecido foda-se o futuro já que não querem mundo melhor... seria cíclico? na tarde anterior tinha sido feriado foi visitar um velho amigo detestava visita assim como tirar documentos em cartórios horror verificar minuciosamente saldo bancário tinha feito maria antônia virado kombi por pouco não caiu na tutóia chegou a fazer treinamento de tiro com colegas alunas de mario schenberg ele sem jeito instrutor era Lamarca filho de sindicalista do porto de santos formou-se nunca esquecera Bernardo pai comunista do Fernando que o esperava num puta apartamento na vila nova conceição que porra de tanto bairro novo em saopaolo sendo os mesmos gentrificados esse jeca neoclássico que faziam dos lados de pinheiros adiante dubai do brejo sampauleiro ele ali com Fernando customizado que ganhara puta grana com fintechs Fernando ponderava sobre desigualdade social "veja bem" quando alguém começa com "veja bem" sei que é grupo contemporização "veja bem" precisamos dum choque de capitalismo ele ali tinha sido aluno de caio prado do mestre tragtenberg ele atônito com cinismo pelo menos Fernando e seu "veja bem" contínuo; pai comunista o velho Bernardo livreiro na sete de abril leitor do eça puta papo apresentara barthes primeiro que ninguém em saopaolo apresentara filmes de pasolini primeiro que ninguém em saopaolo pós-stalinista tinha filho tucano com orgulho do velho Bernardo que morou até o fim na mesma casinha no cambuci atulhada de livros até o banheiro alguns debaixo da cama o filho então já consultor do real consultor das primeiras privatizações o velho Bernardo sorria cínico "calma que isso pode ainda piorar" parecia tanto com mário pedrosa de quem tinha horror o velho Bernardo que perdoava menos os trotskistas que o filho tucano ele tomou umas quatro cervejas gostava de Fernando como um sobrinho com puta grana de quem nada esperava porque não sabia dirigir não tinha tido filhos o muro tinha caído adeus stalin adeus lênin ainda que guardasse um socialismo íntimo ia voltar a pé tinha consigo alguns livros do velho Bernardo o filho tucano não via serventia quem mais leria walter benjamin quem mais leria adorno senão ele que tinha sido aluno de antonio candido ia voltar ao seu apartamento desceria na estação sumaré dar um giro cortando pela cardeal arcoverde feirinha sábado aquele boteco esquina da lisboa Fernando filho do velho Bernardo Fernando que tinha sido colega de malan pérsio arida gustavo franco "meus filhos te dão carona cacete deixa de ser teimoso!" ele precisava andar lembrar do velho Bernardo sorveu mais um cerveja levava uma de bordo à tiracolo cerveja do caminho apresentado aos filhos de Fernando filho do velho Bernardo bravo marxista rapazes troncudos como se dizia em seu tempo sarados imensos eram dois e mais alguns amigos isso 2018 três "macistes" como se dizia antigamente sarados marombados vestidos com camisetas dum tal "bolsonaro" eles que eram netos do velho Bernardo que acreditava no futuro casou tarde não viveu para ver no poder filhotes de plínio salgado ele seguiu sozinho parece que tinha desconfiado

DE VELUDO

seu casamento com Lara era igual aquele de cole porter com linda não que fosse de aparência havia cumplicidade mesmo que as regras do jogo fossem dispostas de maneira que não deixasse dúvida para arroubos decepções interdições anulamentos por convencionalidades conheceram-se na arquitetura na fau gloriosa na virada dos 80 com retorno de vilanova artigas e a crença na redenção urbana na arte pública fissurados em antiguidade fissurados em arte indígena rendidos a philip johnson renovados com lina bo bardi nunca vi beleza glamour socialismo estético Breno & Lara não obstante a beleza não eram dramáticos não problematizavam desejos soltos porque problematizar não é estético eles que aplicavam derrida aspectos de miró cidades invisíveis de calvino ouviam verão de vivaldi logo pensavam aplicar numa casa de vidro numa fábrica repaginada eu nunca tinha visto jovens de 35 anos que conhecessem flávio de carvalho imagina! que conhecessem a ilha do lee no guarujá que me indicassem um restaurante sem afetação toscano um bistrô sem afetação no languedoc uma visitação sem pedantismo ao museu de cluny foram os primeiros do meu círculo visitar o vietnã antes da moda curtir vinhos antes da onda nunca! nunca usavam termos pedantes harmonização customização não em definitivo não eram do "jeca set" me visitavam no quarto sala da consolação nos meus tempos durangos de poeta pré internet disposto ao mínimo desde que sobrasse para cerveja & assinatura do pasquim nos últimos dias & livros de arte da taschen que me custavam a cara & Breno me conseguia das vindas dalgum festival design em milão sem cerimônia dividíamos o mesmo baseado mesmo cálice de château duvalier que dava para o gasto com Lara espreitando os arredores da vila buarque com ares de charlotte rampling ela paulista ele catarinense onde todos em cada esquina tem aquele mesmo rosto de rodrigo hilbert hoje recordo Breno sorriso de astro de françois ozon porque no vale catarinense onde nasceu todos tem aquele rosto camponês da alsácia lorena Breno que deixou um grande amor colega campeão de vôlei ele da mesma forma campeão de vôlei dalgum clube ignoto catarinense porque para mim todos times de qualquer esporte são ignotos mas nunca esquecerei de helmut certa vez na casa de Lara & Breno que

nunca morariam em alphaville & helmut o randolph
scott desse cary grant casado com Lara sem filhos
porque eram estetas e meus amigos até hoje talvez
reveja-os em 2021 montando um resort no marrocos
me contarem a experiência de habitações ecológicas
premiadas pela unesco & vilas sustentáveis na man-
tiqueira talvez reveja Helmut que casou com um co-
lega poeta mas segue sendo grande amor de Breno
que se tornou irmão de vez de Lara

BAR REDONDO

aquela primeira chuva brava de verão que só em saopaolo é capaz de cair monção da serra acúmulo mormaço regurgitando bueiros raios fúlgidos que tornam um poeta parnasiano pós concreto gongórico Tulio se abrigou numa marquise da praça roosevelt árida a mais estranha praça sua conhecida nua arada de vento saudade solidão até durante o calor dos trópicos uma angústia batia-lhe precisamente na praça roosevelt ele poeta dado a impressões de praças pessoas ambientes para raio de perceptos urdiduras da alma entregue à chuva que arrefecia abrigado sem fé sem amor entre os afrescos vitrais de benedicto calixto na consolação que a igreja aconchega sobranceira naquele descampado até se abrigar no bar redondo tão doce quanto a igreja rotundo acolhedor nau dos insensatos poetas atores numa mesa renato consorte o velho abujamra toninho gighonetto naquela noite até margarida rey com ares de gloria swanson tulio jovem poeta colega de willer piva pareciam todos saídos dum ato inconcluso de harold pinter tulio amigo de hilda hilst bebendo steinhager para molhar o bico antes de brahmas brahmas mãos cheias de olho num outro poeta jovem ar maldito lembrando jean marais juntaram as mesas observavam os velhos do arena nocauteando o ar bradando dramáticos sartrianos fodidos felizes Tulio & Braulio seu nome tinha vindo de sapucaí tinha feito ponta nos rapazes da banda ponta filmes sganzerla biáfora tocava banjo ensaiava versos portava uma gaita que conquistou Tulio pela verve rosto de jean marais a chuva ia e voltava esqueceram o motivo do abrigo no bar redondo a mesa de sunset boulevard ia esvaziando alguns trôpegos Tulio & Braulio pediam mais um mixto orégano larica de álcool mijavam na banca da esquina sem esperar banheiro em faxina senha da madrugada halo de desinfetante limpeza da chapa desligando ventiladores de teto Tulio & Braulio eu sei que nunca mais se largaram viraram verlaine & rimbaud da consolação abriram um sebo na galeria metrópole venderam o ponto moraram um tempo em embu das artes trocaram sãopaolo por são vicente vista pro gonzaguinha amaram-se muito envelheceram diga-se de passagem Tulio quinze anos mais velho inclusive são felizes reunindo amigos com vista para o mar selvagem ainda leem um para outro ainda escrevem sem preocupação em serem notáveis poetas saídos de genet sem fúria desde aquela noite de chuva no bar redondo o mundo deu tanta voltas a partir do bar redondo

RASCANTE

agora revendo dor & glória almodóvar que tanto diz de mim o meu sentimento por Fred voltou quando nos conhecemos na passagem de borges por sao-paolo auditório da folha éramos os únicos no curso de jean-claude bernardet líamos borges cultivávamos espelhos aura dos tigres as pugnas de sabres segredo dos labirintos nascidos em santos também cultivávamos aura do aleph por ter guardado mistério trazido pelo cônsul britânico burton a santos líamos borges quando depois de nos amarmos líamos borges bebericando absinto contrabandeado de praga líamos borges naquele boteco infecto debaixo do minhocão na altura de santa cecília por onde zanzamos depois da conferência do mago dos jardins que se bifurcam como desdobraram em caminhos meus Fred desde 1986 esticamos na barão de limeira sol se pondo tomei iniciativa da abordagem daí três meses morando juntos no seu ateliê improvisado na alameda nothmann ele aluno do aguilar peticov ivaldo era meu correspondente plástico poeta largamos cinema decidimos jornalismo juntamos nossas coleções de borges juntamos nossas coleções de teatro da abril vermelhinha fui eu quem apresentou cemitério de automóveis fui eu que lhe falei caio fernando fui eu que apresentei andré gide que voltava a ser editado traduzido por sérgio milliet fui eu quem abraçado na varanda do ateliê improvisado da alameda nothman os versos de kaváfys mas nem tudo intelecto éramos nascidos diante do mar isso muda as coisas soltos desgarrados mas com eterno banzo pelo mar vínhamos no último ônibus antes bebíamos no boteco em frente do jabaquara nós líamos susan sontag comíamos dobradinha num boteco caixa de som sula miranda roberta miranda último volume encardindo nosso volume de borges carqueja cerveja último ônibus jabaquara santos uma da madrugada vínhamos vendo a lua brilhando sobre a represa abraçados quando não tão comum último assento colado ao banheiro último ônibus uma hora quando na praia nua duas latinhas ele encostado no canal tocando sting na gaita ele inclusive tinha o rosto céltico incrivelmente belo de sting naquele anos 1986 depois nos conhecermos por borges na folha amantes de borges brindamos tamanha cumplicidade no lira paulistana Fred que amava itamar arrigo fred ouvia cida moreira desde concerto frankfurt Fred que me apresentou keith jarret me apresentou a dama do cine shangai em que virei viciado porque tesão ia além da genitália porque tesão de alma profundo e nada babaca nesse tesão de espírito real quando o mundo era analogicamente real feito clara crocodilo quando o mundo era visceralmente presencial como minha vontade de cortar os pulsos nesse verão que comecei ouvindo summertime duma beleza de cortar os pulsos por cida moreira ouvindo com sabor de martini milimetricamente climatizado ao som que me traz Fred nosso tesão de alma a saudade desde que ele se foi dum câncer estupidamente real naquela eleição de 2018 Fred que acreditava no socialismo dos nossos corpos Fred que repousa no mar dessa varanda onde espreito seu infinito que espelha meu infinito de dentro ouvindo summertime lembrando Fred cantado por cida moreira que ecoa de memória eu Fred uma vida brutalmente analógica na lindeza de 1986 descendo a teodoro sampaio abraçado a Fred quando apertados nossos corpos

ENTENDIDOS

naquele almoço de natal propício para conversa íntima o olhar marejado de iara fomos eu & Ted meu companheiro galês ruivo feito um celta ouvindo primeiro atônito iara que vivia com olga já há trinta anos olga com filho crescido tinham estudado história olga paleontologia estiveram juntas na serra da capivara na serra pintada amaram-se de ficar juntas uma vida de fazer inveja em mim & Ted lutando pela monogamia entre homens talvez custosa brilhávamos de admiração iara & olga descemos a serra rio santos juqueí baleia maresias Ted aquarianos inseguros ambos vivendo momento lindo Ted traduzindo hughes silvia plath ele doutor em clarice lispector traduzindo nova poesia brasileira em londres amor à primeira vista porque clichê feito para ser cumprido chegamos em casa a pé na praia iara & olga de azul diáfanas feito amor seguro de alma tinham recebido fred filho de olga agora almoço de natal convidando ao passado sem ressentimento porque a dois quando verdadeiro sanadas todas feridas porque de alma nos sentimos desnudos de medo eu & Ted tínhamos boa inveja a saudável admiração por iara & olga vinho branco com peixe enorme da sacada avistava montão de trigo ilha ilha ilha fazia tempo não me sentia tão acompanhado ali ao lado de Ted & iara & olga ela brincava de modo automático com o copo saca-rolha mirava distante e nos disse daquele homem abjeto em 1972 gritos nos corredores inacabáveis antro abjeto a pior situação sensação agora podia se lembrar podia dizer Ted por ser estrangeiro ruivo gaélico chorou como não fosse possível iara sem temor em dizer lembrar expor desnudar tinha olga segura era capaz de lembrar dos olhos esbugalhados do torturador costeletas abjetas anéis abjetos de bacharel em tortura cigarro abjeto que a seviciara não seviciar eufemismo depois da tortura tirada do pau de arara cara tomada de asco pavor indizível mas ela conta passados quarenta oito anos seguro as mãos de Ted ela com esgar de resignação relata o estupro ironia do destino o abjeto morreu afogado não muito distante sorri para olga amor cúmplice porque amor & cúmplice são lindeza maior da vida voltamos a prumo iara & olga brindam o mar piscina plácida eu & Ted voltamos confiantes no lugar comum do amor que ressuscita pessoas do mundo dos mortos

LIBERTAD

ela era uma diva urbana dum seleto grupo de admiradores confrades que tinham na arte um narcótico não que negassem os narcóticos da ocasião ainda que Bob Fred Alina & eu só bebêssemos martini cerveja aguardente seleta Libertad seu nome próprio mesmo filha de espanhóis galegos raros fugidos de franco nascida no cambuci era dum círculo em torno do dr alfredo mesquita depois aluna de mirian muniz morou um tempo com um cenógrafo na rua maranhão num raro sobrado ainda resistente em higienópolis sei que era raro mulher que morasse sozinha mesmo que fosse com solteirão convicto eufemismo da época solteirão tios amigos consentidos Libertad cabelo ondulado forma violão clássico sem tirar nem pôr uma rita hayworth fora de época já em tempos de boca de sino ela se apaixonou por mim que lia jodorowsky que lhe falei do ubu rei ninguém falava em jarry genet ela não fazia esforço para ser culta por ser linda era culta inclusive por ser linda Libertad carregava o senso trágico da beleza com espírito era a diva que todo poeta imoralista desejava ao lado erámos eu Fred Bob Alina quando chegou Alípio vindo de minas que não era entendido na verdade um sedutor nato amado por Fred Bob eu menos Alina que amava Libertad bebia antes e depois por amar Libertad Alina nossa tallulah bankhead adorava samba num tempo em que não era onda amar samba das antigas e num tempo em que samba paulista era tão raro quanto jarry genet jodorowsky éramos seis nós que nos amávamos tanto nos reuníamos num bar de sinuca perto do cultura artística certa vez apresentei Libertad deslumbrante a di cavalcanti trôpego de velho saindo do edifício ester Libertad achava que eu sabia tudo entendia tudo certa noite nos amamos sem esforço minha impressão é que dormira com Rita que tinha dormido com jeanne moreau ou dormido com a mulher aranha depois duma encenação experimental de dario fo nunca mais soube de Libertad abandonada por Alípio eu passando dois anos na bahia fazendo arte experimental Alina matou-se de amor por Libertad ou qualquer motivo nascida para se matar um dia Bob & Fred fizeram rapazes da banda abriram uma pousada em paraty foram pioneiros em grafitte teatro experimental happenings de rua Alípio seguiu um estilista italiano do círculo de valentino voltou soube agora marchand de artistas experimentais basquiats brasileiros nunca nunca mesmo tivemos pista de Libertad que teria se tornado monja trapista que teria sido sequestrada pela eta que teria se rendido ao charme dalguma seita iluminada numa chapada dos veadeiros amanhecendo feito gilda nunca mais soubemos de Libertad

TERENCE STAMP, MEU TESÃO

eu sei que Milson não parecia ser desse mundo conseguiu aprender italiano em seis meses para ler a divina comédia no original tinha 16 anos ouvia yma sumac música dodecafônica fumava primeiras cigarrilhas indonésias chegadas em saopaolo era um rato carimbado dos sebos da barão de itapetininga rua marconi Milson ficou vidrado no antonioni mais obscuro: "o mistério de oberwald" passava as tardes comigo na primeira casa dvd cult na augusta descíamos o bexiga olhar por fora a casa de dona yaya na major diogo nós que éramos fascinados pela estória da dama da aristocracia encerrada em casa por quatro décadas Milson assistiu duas vezes comigo "o colecionador" éramos vidrados em terence stamp lia andré gide quando ninguém mais lia lia pitigrilli lia o. henry lia andreiev lia poemas de josé agripino não é que fomos um dia visitar josé agrippino no embu não é que cismamos de conhecer dona guiomar novaes em higienópolis velhinha nos recebeu dedilhando debussy num fim de tarde bebericando xerez e para competir nosso amor cult vintage hipster quando nem pensar em termos para tanto amor à arte estetas do belenzinho pegamos trem até vinhedo jundiai louveira nem me lembro se passava no juqueri para entrevistar flávio de carvalho em sua antológica casa dissemos ser estudantes do são luiz Milson inventou dizer ser neto dum amigo de marinetti e ungaretti falou de campos de pouso de discos voadores em peruíbe falou duma pedra que cresce em iguape na verdade abordamos albert camus com flávio de carvalho voltamos de carona cismamos subir até o martinelli beijamo-nos ao vento de saopaolo certa feita nos amamos no planetário mas anti-futuristas porque atemporais seguimos procurando a mais velha edição de "a carne" de júlio ribeiro a mais antiga edição do "Macário" de álvares de azevedo cursamos o largo são francisco Milson não descuidando do seu antiquário na alameda franca eu reunindo meus contos nos reuníamos num cine clube visconti marcamos rever nossos filmes super 8 quando havia febre por super 8 talvez se tivéssemos compromisso não seguíssemos amigos nós que continuamos amantes nós que continuamos lendo relendo lawrence durrel mesmo quando ninguém mais lia durrell da mesma forma que algumas coisas só aconteciam comigo & Milson como naquela tarde saídos da livraria da vila nem há tanto tempo tínhamos assistido sessão vespertina dum festival leon cakoff mostra agitada mas nossa sessão seria talvez filmes romenos quejandos deveras seletos passamos no masp tínhamos obsessão pelo cristo de ingres autorretrato de ingres ficamos começo de noite eu & Milson no museu tranquilo víamos raios do crepúsculo pela alameda casabranca trianon sentados diante do cristo de ingres um casal de gringos certamente para a mostra internacional de cinema acompanhados de leon cakoff a senhora o senhor exótico lenço óculos tartaruga redondo eu & Milson diante do cristo de ingres cutucamo-nos nós que nos amamos tanto: Milson! era win wenders no masp nós que não éramos forrest gump estetas de sorte que líamos "as avessas" dândys de pedir fiado cerveja no bar do estadão pernil no balão não é que topamos com win wenders no masp numa tarde em saopaolo...

TERESA, DO PORTO A MOSCOU

aquela véspera de ano novo com Isabel me trouxe Gil e todo primeiro amor éramos leitores do lampião essa foi nossa senha de reconhecimento no mesmo ônibus voltando do guarujá em 1977 pacote de abril medo de ruptura da abertura lenta gradual e restrita medo dum golpe do general frota medo da porra da ditadura apertar de novo medo do acordo nuclear com a alemanha medo de ser espancado no largo do arouche mas depois de laranja mecânica depois de profissão repórter depois de fassbinder tomávamos coragem saindo do cine bijou subíamos aquele prédio baixo acolhedor em cima do bijou eu & Gil ouvindo os sinos da consolação em cima do cine bijou segundo andar vinte quatro abraçados víamos o jaraguá dali de cima do cine bijou de porta aberta vizinhos de Teresa como se morando com Isabel corredor passarela de amigos nossos de isabel espargindo “cashemere bouquet” para disfaçar fumacê de baseado bebíamos até amanhecer ouvindo Teresa nossa lila kedrova bebendo com Isabel nossa shelley winters Teresa mignon mas com força do carisma de maria callas nossa vizinha portuguesa comunista fugida dos estertores de salazar abrigada em moscou na universidade lumumba Teresa exilada na holanda Isabel a primeira a me falar de florbela espanca Isabel namorava grego congolês Isabel nossa madrinha minha & Gil quando íamos ao piolin com namorado ex-guerrilheiro em angola um português comunista tal Isabel com quem esticávamos no longchamp onde conhecemos Ingrid escritora maldita que nos levou ao ferros bar e onde sonhei estar em berlin alexanderplatz nunca esquecerei meus dias de poeta fodido & feliz morando naquele aperto em cima do cine bijou quando mijava bêbado no elevador bamba quando disputávamos lugar na noite para ver a são silvestre quando fazíamos quase amor completo no cine bijou Gil que partiu noutra epidemia Isabel que segue minha amiga eu que digitalizei a vida por cansaço de tanta burrice & desamor

INOMINÁVEL

março 2022 estagflação a vacina deu certo o discurso obscuro do capitão naufragou os esforços de guedes naufragaram a escola de chicago dançaram as privatizações não se cumpriram boicotes contra desmatamento persistente colocaram o agronegócio contra o capitão a insistência em negar efeito estufa ruptura com acordo de paris biden angela merkel impõem sanções a china de saco cheio investe nas safras africanas argentina chile e uruguai substituem o brasil no agronegócio sustentável sem chicago sem keynes sem o novo sem guedes sem mercosul sem ocde sem a américa de biden que expulsa o insano olavo que esbraveja contra o capitão o cerco se fecha contra carlos contra flávio eduardo chanceler para desespero da ala militar que bate em retirada para desespero do capitão que investe pesado no bicentenário da independência do brasil boicotado por chefes de estado do mercosul ocde por biden da américa pela china de saco cheio que investe na austrália na emergente nigéria que aposta nos brics tirando o b da reta convulsão social o capitão agora mistura de sarney depois do naufrágio do cruzado com temer depois do joesley vaiado nas ruas 2022 cercado pelos lunáticos da terra plana boicotado por biden angela pela china de saco cheio irado insano mais que nunca se insurge contra macron que o denuncia na onu em haia aconselhado por lunáticos da terra plana banca galtieri encena incidente em terra de proteção indígena macron invoca a onu invoca tribunal de haia conselho de segurança o capitão se rebela transido lunático da terra plana manda invadir a guiana francesa 2022 é o fim da picada fim dessa história dramática que nos assola

LEOPOLDO, PONTO CHIC

foi sempre instigante a vida de Leopoldo para mim nos conhecemos no ginásio diziam informantes do sni infiltrados diziam agentes do dops infiltrados no colégio éramos leitores do pasquim do lampião éramos hipster antes do conceito na verdade éramos entendidos bissexuais antes da tolerância para com todo amor vale a pena bolamos aula para missa de herzog na puc juntos derrubamos dois pms na invasão quase acertamos uma rasteira no famigerado coronel erasmo tentamos comunicação tentamos filosofia tentamos propaganda com vergonha de vendidos ao mercado ele acabou fazendo medicina eu dedicado à literatura fui dar aulas na longínqua sapopemba ele sanitarista eu flertei com a teologia da libertação na amazônia me engajei na campanha de fhc 1978 para o senado Leopoldo fundador do pt em 1980 largamos partidos passamos ilesos pela aids tão próximo eu & Leopoldo nem me lembro se fomos realmente amantes posto cúmplices naturais corpo alma amalgamados me rendi à poesia em definitivo Leopoldo escrevia romances partiu para a áfrica entre médicos sem fronteiras sequestrado por guerrilheiros no chade por guerrilheiros em ruanda sabia de Leopoldo por cartas cartões postais depois e-mails vindo com timbre da unicef da oms falava das primeiras oficinas literárias nas periferias da minha solidão entremeada de casos sem compromissos Leopoldo perguntava de Diana companheira de Silvia falava do desencanto com onda neoliberal falava do desencanto com esquerda convencional Leopoldo conheceu um médico italiano um sociólogo romeno nunca um companheiro definitivo ora na namíbia em missão da fao ora num resgate de tsunami no japão voltou ao brasil no governo lula cumpriu sua parte durante um ano se internou num manicômio por livre espontânea vontade análise de campo experiência seminal reconhecimento de terreno quase aos sessenta Leopoldo lançou dois romances com perícia dum lobo antunes a meu convite largamos saopaolo morando numa ecovila para escrever cansados provisoriamente do mundo

O APLICATIVO

uma noite no começo do verão e me angustiam sempre as estradas que saem das marginais grandes serpentes que envolvem a cidade já ao longe uma angustia desbravadora de quem parte para a amplidão quando menino que fascínio assustador pela avenida do estado soturna ao alvorecer para onde esse caminho que se solta da metrópole acolhedora? no lavabo ainda pensava em voz alta – tenho que ir a alphaville nesse jantar marcar presença fazer média ser visto quem sabe um novo contrato para a agência de captação de recursos uma franquia sul-coreana ser apresentada a um ceo de xangai cavar no fim de semana em comandatuba e saber a quantas anda a conta da wo company para 2019... 21 horas e preciso chamar o uber sozinho sem medo nem refém da violência foda-se que preciso voltar são na boca da madrugada "boca da madrugada" ando pensando em forma de poesia! moema campo belo por esse caminho sem erro: bruna aguardo em dez minutos um siena cinza motorista Beto com toda imprecisão que ronda os aplicativos sem nenhuma formalidade dos velhos táxis de cooperativas ou nos pontos da esquina da padaria onde tudo conspira para uma noite tranquila entra rápido passa endereço e mal dá pelo motorista na contraluz o essencial e ganha as ruas que levam ao mais possível até o rodoanel uma geral bolsa prática dois celulares miúdos olhar sem estorvo nada inconcluso ajeitar-se e seguir o compromisso pensado no prazer cumprimentei sem olhar só depois percebi de relance o grisalho trouxe um tanto quanto familiar do meu mundo em jundiaí a primeira vez no cinema alvorada também tinha sido a primeira vez que sabia possível carícias com outro menino e que só no escuro ele permitia tocá-lo em segurança e que nunca mais as coisas seriam iguais gostando ou não eu seria "o diferente" lógico que sem constrangimento ele me reconheceu de súbito sorrimos com felicidade sincera provando o provérbio tolo e verdadeiro ser o mundo pequeno e a tal porra do destino dando voltas para nos encontrar tranquilos sobre os temores bestas Beto Beto! trocaria a porra do jantar família empresa não por tesão tardio mas por algo legítimo feito a "madeleine" do tempo resgatado por sua pele contando estória do tanto vivido e o que ele me contaria como resolveu seu lance também família filhos e compromissos não tão soltos quanto os prazeres gozosos sem vínculos que não o lúdico de nossos impulsos o lusco-fusco dos sinaleiros e uma harmonia imprecisa deu-me vontade de parar e ir para o banco da frente sem mais trocamos números de whatsapp para retomar contato pensei comigo que esse não era um enredo dum conto bizarro de dalton trevisan e eu passei a noite finalmente sentindo ter um lugar para voltar

O INDIGITADO

um sábado abrasador a temporada anunciava o êxodo dos forasteiros para ganhar o sol podia sentir o serpentear dos milhares de carro pela estrada do mar embalara o lixo reciclável com esmero de artesão duas voltas para amarrar bem e conter qualquer vestígio do cheiro de peixe o burburinho da debandada ao redor soava meio-dia no horário de verão separados os jornais um volume de contos de maupassant programado um western de leone para começo da noite talvez uma cerveja por perto à noite desde que Peter partira não tivera mais ninguém não com aquela exclusividade não que tivessem morado juntos mesmo assim sentia-me compromissado com alguma rotina a dois a porta da lixeira fechava às 14 horas e esperava deixar a cozinha limpa o prédio de quinze andares era ocupado por idosos casais recém-casados e alguns apartamentos de temporada nada conste tivesse grandes amigos por ali só no bar padaria lanchonete juntavam-se conhecidos que aproximavam-se mais por conversa fora que afinidade atmosfera de maresia terminado almoço queria só a janela escancarada do segundo andar tomar a fresca do seu quarto naquele canto modorrento do mundo todos os resíduos do almoço de solteiro básico antes da folga do faxineiro a pino o mormaço convidava para a rua uma cerveja ver o bronzeado passar Horácio sente cheiro de molho de tomate e o latido denunciador ao abrir a porta o corredor escuro alguma brisa gelada e expectante dum lince urbano e alguns passos delicados descendo pelos fundos a claraboia lateral do prédio turvara seu movimento enquanto seu chinelo escapara hesitante ao segurar a porta fixou num ponto impreciso entre o corrimão e o último lance em direção ao seu andar era Ofélia o imponderável depois de três anos sem notícias Ofélia nome vetusto para aquela feição de mata hari — você morando aqui Horácio no mesmo prédio onde vieram morar meus pais? com sorriso solto sem esboçar nenhum drama — desde aquela vez no barzinho da augusta esqueceu o que dissera? pousando o lixo o jeito inusitado do corpo — tô nessa loucura de exposição pensei em ti não estou usando rede social não sabia se gostaria me rever...— pois é a vida é o que sempre acontece... risos desinibidos enfim voltei pra cá para ter o mar como moldura lendo loucamente escrevendo sem cessar e sem loucura de sampa que me desenergizava — você continua zen então agora vou dar um mergulho e espero que me convide para entrar mais tarde — claro hoje não saio mesmo ou no máximo por perto padaria boteco de esquina petisco para a noite fechado te espero vinho ou cerveja? — colocar conversa em dia é cerveja mesmo beijo sem pretensão de recomeço aquele reencontro tinha toda cara de remissão colocara uma roupa mais estampada algum tempo aquele homem melancólico por ofício se tornara mais solar Horácio enfim encarara o advento abrupto de Ofélia em seu destino com uma tranquilidade e despojamento incomuns — pois é (o inefável refrão de pausa entre nós) — eu voltei a esse canto para reinventar algo — sei voltou depois de bruno pelo menos eu não tive tempo de perdê-lo para a morte perdi antes para ti — bom agora empatamos né? foi de foder no começo eu lutei feito louco para viver com ele e agora esse percurso doido provolone com salame hamburguês olhavam a brisa combinaram outra cerveja noutra noite os pais dela estavam bem não ficara nenhuma ferida tudo zerado dormiram abraçados tentaram sexo ficaram nos amassos gozaram juntos claro Bruno vibrara em algum canto do universo...

OS INVERTIDOS

Théo olhava o fim de tarde lembrando o verão passado nas ruas de san lorenzo em roma uma espécie peninsular da vila madalena onde conhecera Andrea por quem ainda suspirava de saudade do seu corpo das tertúlias particulares sobre filmes noir e o desencanto amoroso na andropausa homens maduros são tão desiludidos sobre romance quanto solteironas desistentes passara a noite lendo um ensaio sobre max jacob por quê afinal todos louvam picasso apollinaire e jean cocteau esquecidos daquele burlesco poeta tão a cara de montmartre que foi max jacob? refletia quanto o vintage literário é gay e quanto o culto a divas como kiki de montparnasse e arlety eram fenômenos de "entendidos" — onde minha coleção de filmes soviéticos? — pergunta a Jerusa sua faxineira fissurada por lps de trilhas sonoras dos anos 70 — tá aí do lado desse retrato de rita hayworth em "gilda" — à tarde quero café fraco me passa essa cópia de klimt olha se chegou correspondência na portaria Je antes de ir embora — o sr conseguiu aquela cópia de "senhorita julia"? quero levar para minha sobrinha que faz teatro prometo devolver em quinze dias por quê sempre lembro de "lady chaterlley" quando releio essa peça de strindberg? pensou em silêncio a hora do ângelus sempre melancólica suspira o langoroso dândi num roupão encardido de vinho — não soa clichê essa sensação? pergunta Jerusa com ar sarcástico sabendo o patrão policiar milimetricamente seus lugares comuns — pode parecer "darling" mas alguns clichês são inevitáveis em minha idade essa hora Andrea deve estar sorvendo um chiantti com seu volume de poemas de umberto saba pensa escolhia um cd qualquer de philip glass enquanto ela limpava o canto de sua poltrona na outra ponta da sala — saio as oito precisa de alguma coisa na padaria? — talvez amendoim japonês ou um aperitivo nessa linha para tomar com cerveja — fecha a janela de trás vento encanado volto logo e trago correspondência da portaria em meia hora com artigos prosaicos e um pacote lacrado Jerusa deposita tudo ao lado da mesa de trabalho de Théo que verifica a encomenda um dvd remasterizado com acréscimos ao clássico "sunset boulevard" a noite avança Jerusa se organiza para ir embora com um cigarro básico e uma bicada no café na pia de velho mármore o celibatário se concentra em alguns takes com gloria swanson e erich von stroheim sabendo-se só no "lost week end" sem a sanha alcoólica de ray milland se contenta com duas garrafas de tinto e pede que a mulher abra-lhe para um cálice juntos uma melancolia difusa o invade nem andrea nem philip glass o que precisa é de algo imediato um afago brando mas instantâneo procura hits dos anos 80 sua primeira juventude com primeiros embalos "men at work" "hello" de litle richard "her town too" de james taylor belíssimo mas isso não vem ao caso agora ou algo descaradamente brega "no more boleros" talvez toma Jerusa já vestida com decote para um "night and day" na augusta e pede agora um beijo cálido tinha sido 25 anos atrás sua primeira e única amante mulher — boa noite Darling — até semana que vem Théo

BEBENDO CARACU NUMA TARDE DE ABRIL

era um bar antológico quase proverbial ovo colorido cebola em conserva porção de dobradinha na descida da ladeira da memória onde ele refestelava-se no meio expediente recém formado direito escritório de prestígio não para agradar o pai na verdade o necessário frugal hábitos de monge urbano algum truffaut alguma peça de pinter em saopaolo algum arrabal liberado pela censura livros roberto freire erich froom depois sofisticara-se lendo foucault em francês descobriu susan sontag foi o primeiro a falar em merleau ponty na vila mariana foi o primeiro a falar em salò na verdade poucos tinham acesso a pasolini não sei como ele tinha visto tudo desde teorema quando os imbecis de sua rua brigavam por ingressos no "holyday on ice" sentou-se para ler drummond cronista nessa época comprava o jornal da tarde ler drummond acompanhar crítica literária do leo gilson ribeiro daquele jornal suspeito de reacionário com jeito jovem clean mas filhote reacionário do estadão naquele tempo até os reacionários tinham bom senso todos de saco cheio da ditadura ele ficava puto ter que ler foucault importado assistir último tango em paris numa viagem a londres ter até medo de pedir oscar wilde tão jovem só podia ser veado na biblioteca do colégio afinal existia esse paraíso onde tomava cuidado ao suspender o corpo na estante pegar oscar wilde mas também lia henry miller também contrabandeava allen ginsberg encontrou outro que lia allen ginsberg davam uns amassos por trás duma estante de livros de latim esquecidos depois da desobrigatoriedade do latim amassos com colega que virou amigo que se amavam que fodiam ao modo jovem descobrir o sexo tendo gostos clandestinos para ser feliz em segredo porque afinal apesar de jovens já descobriam a felicidade dos segredos a felicidade clandestina que não saia da cabeça desde que descobrira clarice lispector quando ninguém lia clarice lispector na vila mariana tão pouco eram muitos seus leitores em saopaolo desde que saíra ano anterior com obituário louvando a escritora que tinha algo dele secreto agora naquele boteco da ladeira da memória noutra mesa uns caras de rayban cinquentões de crucifixo no peito cabeludo palitando sobra do almoço escrotos soube pelo garçom alcoviteiro serem policiais do dops que se reuniam depois dalgum serviço de desova de corpo filhos da puta do esquadrão da morte impunes copo de cerveja escrotos agentes do dops que lhe davam asco bem menos que o tipo com chapéu de cowboy noutra mesa lenço vermelho no pescoço calça rancheira botas de camurça couro de antílope sósia do bandido da luz vermelha naquela tarde tinha marcado encontro com amigo que lia ginsberg genet colega de escola que agora fazia o oficina ia para europa cursar bob wilson eram revolucionários pela arte naquela birosca entre as mesas dos agentes do dops torturadores contumazes facínoras do estado vigente que ainda custava cair de podre noutra mesa o sósia do acácio bandido da luz vermelha mandando ver um virado à paulista com ovo luzidio coroando o prato farto na tarde em que eles dois aqueles rapazes que tinham visto teorema juntos num cineclube do bexiga e nunca mais se separaram pelo resto da vida eternamente indignados com o brasil putos com exílio de paulo freire darcy ribeiro do glauber indignados num tempo que havia esperança apesar da eterna indignação pediram ovos coloridos que rarearam até desaparecer bebendo caracu numa tarde de abril

PATO DE PÉ TORTO

em algum lugar meados anos 70 o menino começa a dar os primeiros passos pelos meandros da arte que demandaria toda uma vida de sensibilidade carne viva quando ouve "pedro e o lobo" de prokofiev numa versão infantil disquinho meigo duma faixa laranja antes de dormir assistindo em preto branco "os waltons" todos apagando a luz concomitantes ao luar boa noite boa noite mãe pai filhos avó sem wi-fi além do luar as ondas do rádio dalgum guarda noturno saudando a madrugada com apito desafiando o silêncio meliantes de arrabalde durante o dia "perdidos no espaço" quando todos se identificavam com heróis parrudos tinha fascínio "dr smith" ou até pelo robô arremedo kitsch do fascínio estelar afinal pouco antes o menino tinha madrugado ver com os velhos o futuro homem pousando na lua preto branco ouvindo concomitante bailinhos de garagem vizinhança aretha franklin carly simon onipresente cat stevens ele menino "diferente" disfuncional cripto destoante de tudo que cheirasse convenção mesmo sem ter idade para entender revolução psicodélica beat secos & molhados desbunde onipresente ele que viu "romeu & julieta" de zefirelli a bunda nua de romeu afinal era um zefirelli ele que não tinha idade de sacar delicadezas do "dr smith" secos & molhados zefirelli no máximo concedia ao pop assistindo "vila sésamo" ou "topo gigio" mas que se identificou mesmo foi com a primeira leitura de kafka era mesmo ele o inseto diferente por toda a vida a sensibilidade à flor da pele com arroubos por elementos bizarros ouvindo cat stevens e se sentindo meio aquele menino de "harold and maude" de "ensina-me a viver" que veria no teatro adulto com henriette morineau maria clara machado quando namorava um diretor de pluft o fantasminha bem depois dos anos 70 quando assistira "harold and maude" menino clandestino na vida desde sempre sensibilidade à flor da pele que nascera para ser o "diferente"

UNS MÚSCULOS

porque morasse e nascido inclusive próximo ao mar ali na esquina do mar e não tivesse o impacto do primeiro contato com o mar que a todos outros garotos do internato colégio interno como existiam nas cidades do interior também não tão distante onde pais da capital do litoral levavam seus filhos para um ou dois anos enquanto faziam um tour tournée pela europa ásia menor descansar gozar ascensão social fruto do trabalho de imigrantes bem acolhidos no rigor salesiano jesuítico dum colégio interno onde diversão era a noite conversa furtiva entre raios do luar entrecortados pelo dormitório dos primeiros amores tão somente desejos furtivos nos internatos sombras de padres madres superioras nos reposteiros expectantes dos meninos saudosos dos pais aquela hora num camarote do conte grande & cristoforo colombo não seria a resignação uma lição do mundo analógico sem contato sem afago na dureza de meses dias de estudo lembrando das férias dos músculos de charlton heston outros das formas de lollobrigida no claro escuro dos corredores orações breviários contritos introspecção fervilhante laboratório para toda a vida quando os prazeres eram tácteis epidérmicos ainda que interditos os banhos gozozos olhares cumplices azulejado que não mais lhe sairiam da retina lápis-lazúli nos verões abrasantes quando voltava ao mar seu íntimo guardando cartas dos amores incipientes imaginosos deixados nos refeitórios naquelas noites de beliches dormitórios silentes já quando os pais retornados com todo júbilo no cais de santos e ele deveria tomar rumo aos preparatórios os clubes de regatas as bodas de família talvez algum namoro que desse conta dos comentários alheios à travessia do canal a nado as festas de formatura um olhar de carinho ao deleite furtivo nos encalorados cinemas de bairro entre uma sessão outra dos dez mandamentos manto sagrado sensações fugidias retornando ondas na memória apaziguada

DESBUNDE PAULISTA

felizes não pensávamos nisso se sabíamos que éramos felizes nunca demos por isso de ser feliz desde que livres numas medida que volto a pensar encerrado pensando naquela noite todos reunidos a estupidez da monogamia os temores de paixão se éramos homo héteros siglas letras sabia que havia um plano contra a fome a consciência ambiental estava no ar dormíamos com quem queríamos vontade de morar numa vila distante meio do mato propriamente não talvez temporada na casa de fred no embu de teresa em paraty era o que conversávamos com a amplidão da janela a casa de Bia ficava num prédio gracinha meio artigas meio artacho será que na rua sabará? creio sim rede na varanda armário colonial de mobília aquele assoalho de tacos que amo pé direito alto higienópolis levei vinho estava solteiro bia tinha marcado começo da noite não bebia mais no almoço algum tempo bia sempre exagerada contratara barman lindo aqueles coquetéis contrastando com espelho fractais aperol martini gim quando chegou rubem do oficina ted indigenista com dois kaiowas Luana linda de bata ainda zonza jet lag vinda do timor médicos sem fronteiras tascamos um beijo lembrando do daime ayahuasca temporada juntos na ilha de páscoa Luana linda jogando charme natural um músico rastafári loiro alemão willy pintor músico de jazz quando alemão curte jazz sai de baixo Luana o alemão jazzófilo fred afagando barriga de teresa sete meses parto alternativo era tempo de memórias de adriano ou algum livro de kundera? fui de aguardente de banana deliciosa uma bicada trazida por fred da bocaina um naco antes da brahma outra brahma servida pelo barman parecido com javier barden encetei papo com fred mercado financeiro era overnight no máximo o stress planos collor bresser papeámos sobre a rio 92 ecorio a queda do muro com o alemão sem saco para assuntos germânicos fascinado com o brasil que nos cansava para no dia seguinte nos fascinar de saudade também adoro festinha em casa esparramados pelos cantos dois na rede os beijos mais soltos banheiro de corredor caprichos de bia incenso canapés serviço americano para deitar no chão Luana deitada em meus braços onde passaram recente rodrigo & almir que partiram estava solteiro cheguei de táxi rua sabará sim acepipes frios sem cheiro de gordura temia alongar muito com fred agora com teresa grávida olhava a noite varandão aceso sempre uma escapada na área dos fundos cumprimentar duas cozinheiras de anos de bia hábito sentar entre mantimentos dar um tempo papo que amo intelectual vanguardoso na sala olhar vista que dava para a consolação rua antonio carlos ou avenida angélica? banheiro de corredor um beijo roubado em Luana olhar oblíquo para fred abraçado a bia que tinha convidado um malabarista se me lembro um flautista meigo uma estudante angolana da usp deusa de ébano o barman mais tranquilo teresa grávida lia loucamente assistia todos antonionnis viscontis encalhados na locadora vizinha seu prédio no pacaembu me indicara "beleza roubada" do bertolucci agora ouvíamos sting baixinho teresa me falava de romance de isabel allende literatura leve sete meses gravidez tranquila eu só na cerveja comecei a lembrar de coisas pessoas tempos como faço agora nesse isolamento de quarentena lembrando pessoas tempos coisas aquele sábado na casa de bia prédio lindinho vilanova artigas artacho jurado? adoro começo de madrugada estiquei a conversa com o barman parecido com javier barden na augusta restaurante grego boteco de entendidos? rede na varanda bromélias suspensas pela sala o sorriso lindo da cozinheira que morava no tatuapé levada de carona de táxi metrô mais próximo antes que esticasse na augusta não esqueço felicidade de fred com gravidez de teresa Luana linda o músico de jazz pintor alemão tudo minguando na memória eis que puxo essa porra de quarentena de epidemia resiliência sempre gostei ficar em casa roteiros poesia traduções mas o que fica de desejo lembro daquele sábado rua sabará? sei que era naqueles domínios de dona veridiana precisava andar um pouco depois da augusta ficamos amigos saudade daqueles amigos antigos da vida antiga que contei para o barman que também se tornou antigo amigo olhando o dia amanhecer na praça do pôr do sol depois da noite no apartamento de bia onde embalei o sono de Luana linda na chaise longue apoiando uma latinha de cerveja no chão taco antigo numa varanda faz tempo

CABAÇO PINGUIM

eis que venceu a metrópole aos tropeços arrumou empregos manteve-se numa vaga no bom retiro casa de família vendera produtos e imaginar que aquela "bocó" iria chegar só em saopaolo largar as trochas naquela época na praça clóvis? seria aquela estação dum kitsch inesquecível cobertura colorida tutti-frutti na luz rodoviária coberta por uma armação inusitada ela perdia-se de encanto temor o que faria da vida depois de largar "redenção" prá trás "mazanza bocó" lembra com sorriso termos que não mais se usam que a avó invectivava para seus arroubos de deixar "redenção" ninguém sabia grávida aqui casou com funcionário da loja de armarinho pacato filhos família lembra da angústia nos dias cinzas olhando descampado parque do carmo avenida do estado a visão do paraíso nas noites de quermesse parecia voltar instantes "redenção" ela que só voltaria resolvida não ficar de novo ponto pacífico pensava: olhando prá trás sinto inveja da mulher que eu sou perto do que era dos medos incompreensão da família temente a deus ela desprendida no mundo conheceu o rapaz agora estabelecido que criou seu filho tivera com elas mais dois mariana olhava para trás cabeça erguida "que força dá na gente" desatar os nós ela que saiu de "redenção" num domingo de aleluia embarcada numa carga de manga até o mercadão não tinha desembarcado naquela rodoviária psicodélico cafona da luz não essa foi da vez que voltou de primeiro para "redenção" levar conhecer dois filhos nascidos um da barriga fugida outro do marido compadecido que nem todo mundo cidade grande é filho da puta feito carola de "redenção"

FILME NOIR

foi tudo tão idílico nem poderia supor fosse tão urdido conheci anibal numa galeria exposição de daniel senise milhazes não me recordo ou anulei ele vinha de tantas galerias desde tempos de wega nery darcy penteado wesley duke lee percebi que adriano se encantou por vanguardista iniciante morava numa edícula ateliê na alameda nothmann ou seria na conselheiro nébias sei que um tipo raro evidentemente maldito saído de "malpertuis" da lenda do santo beberrão algum ator escandinavo batavo adriano se encantou por aquele mathieu carrière ou seria parecido com rutger hauer que sonhava expor entrar para o circuito bienal luisa strina mônica filgueiras um rapaz encantador que tinha lido "bouvard e pécuchet" visto revisto comentado com propriedade "morte em veneza" enquanto adriano parecia mesmo ter descoberto seu tadzio sei que era na alameda lorena porque cansado do minimalismo da mobília o horrendo minimalismo das galerias reduzidas a badalação canapés todo "jeca set" paulistano ele deu um pouso num boteco da hadock e existem creiam botecos oásis na haddock sorvi cerveja o verbo é sorver quem dá tempo em galeria minimalista clean dos jardins esperando adriano sair encantado sugerir carona ao seu tdazio exalando arrivismo adriano que parecia clifton webb saído de "laura" sempre saquei o oportunismo dos rapazes bonitinhos ordinários com pinta de grande gatsby soube tempo depois adriano desolado deprimido abandonado pelo adônis plantado em sua vida gostos preferências por um crítico rival com síndrome de anne baxter maldade detonante pérfido plantando rapazes lindos implodindo corações de senhores dados ao brilho de dorian gray

MARIGHELLA, MEU AMOR

eu sei que era um jogo importante santos corinthians 1969 meninos do interior do litoral sempre visitavam tios em saopaolo alguns dias todos temos recordações da imensidão todos caipiras caiçaras voltamos às nossas cidades a contar da imensidão esnobar ter um tio em saopaolo essa cidade que eu esgueirado no fusca parecia deparar do meu carrinho de rolemã ainda crescendo para o alto sempre crescendo para o alto nunca tinha visto viadutos nunca tinha visto tv em cores nas vitrines dum mosaico inesquecível o tio tinha um armarinho não sei se charutaria na bela vista eu que aquela noite saí para ver movimento porque criança parece bicho mandado escravo da agenda dos outros tinha que largar tv em cores ver o movimento pros lados do pacaembu era santos corinthians porque não sairiam de casa por outro time não fosse o santos mesmo os primos de saopaolo guardavam gostos da província beira-mar já ambientados na imensidão crescendo sempre pra cima sem horizonte eu nunca deixei de procurar o mar mesmo distante da terra do mar em saopaolo olho pros lados ver que altura do mar estarei na paulista santo amaro altura de itanhaém altura de santos para onde fica o mar em belo horizonte curitiba que ideia doida mas fui ambientado assim sem roça minha roça era a imensidão do mar naquela noite saídos do pacaembu nem sei se vimos jogo ou só movimento pelo fusca via paulista impondo-se à cidade hoje até reconheço a rua a esquina era uma noite de novembro burburinho depois de jogo num bar para os lados da alameda casabranca talvez esquina óscar freire hoje andando pergunto porque demos tanta volta até o bexiga o tio devia abrir comércio cedo tenho nítido canudo suspenso na guaraná "caçulinha" chamada assim até hoje prefiro cerveja em casco calor prematuro era novembro abafado em saopaolo tem brisa ainda assim noite de jogo fim de jogo descendo alamedas de fusca de repente o carro onde o tio pai mãe carros de polícia dias noites duros cinzas chumbo bloqueios para contornar a alameda casa branca recordo escuridão no parque trianon menino aturdido escuridão de saopaolo: disseram tiros "mataram um homem" noutro quarteirão era quente fim do jogo santos corinthians: "mataram um homem" menino só sabia de guarda noturno em minha terra agora radio patrulhas diziam assim viaturas interditado caminho tudo naquela época e mais tarde crescido na escola no jornal onde trabalhava parecia-me interditado por anos queria lembrar daquela noite santos corinthians: lá pra 1984 estagiário andando por saopaolo que já não tinha mesmo tamanho para mim vim a saber: naquela noite "mataram um homem" descobri melhor vi tudo melhor na memória quando fui fazer matéria pra o jornal onde estagiava "mataram Marighela" sim era na alameda casa branca...

FRAULEIN

era uma fraulein típica das casas ricas anos 30 o senhor importador de brinquedos como só os alemães armarinho louças finas que pululavam na rua direita barão itapetininga anos 30 também exportava café na praça de santos descia subia serra terminava expediente no automóvel clube do anhangabaú no parque balneário de santos no hotel la plage guarujá onde num final de semana filhos e esposa aturdidos em 1932 um hóspede encontrado morto na suíte diante do mar belo mar selvagem no la plage do guarujá: era santos dumont / nesse tempo já Emma cuidava da toilette das duas moças dos modos das duas moças Emma educava as duas moças feito bávaras o patrão de munique um brasileiro filho de alemães liberais católicos bávaros radicados em saopaolo fascinados por jardins pássaros borboletas do brasil paixão pelo brasil como só ingleses alemães aprendem amar por amor exótico avidez de conhecimento pioneiros esportes aquáticos tênis radioamadorismo piqueniques em arrebaldes inóspitos cobertos por mata densa pros lados de santo amaro às fazendas do morumbi ilhas desertas na costa Emma também importada ainda guardava nostalgia pela alemanha que sonhava ressurgida Emma não se aclimatou de todo ao trópico parecia saída de "amor, verbo intransitivo" de mário de andrade saída de lohengrin uma valquíria transplantada à tórrida paulicéia amava as meninas do senhor Otto era até amada por seu filho kurt Emma tinha a senhora como mãe as coisas mudavam da alemanha o sr Otto tinha ojeriza pelo nacionalismo horror aos modos execráveis dos tais nazistas horda exclamava entre um gole e outro de xerez 1933 1934 tomaram o ruhr tomaram os sudetos anexaram a áustria reergueram com ódio a indústria transportes o sr Otto liberal brasileiro na verdade dissuadia Emma de ufanismo a sra Elizabeth sabia não ia dar boa coisa hitler seu bando Emma ouvia os discursos inflamados do fuhrer Emma que nunca se habitou ao calor à informalidade ao mundo novo da américa do sul ouvia num rádio galeno a verborragia do fuhrer a histeria do fuhrer para desespero do sr Otto da sra Elizabeth numa temporada no guarujá no hotel la plage decidira voltar a alemanha inflamada pelo fuhrer a promessa duma alemanha grande de novo Emma não se dobrava pelo amor às meninas ao charme de Kurt os apelos da sra Elizabeth Emma resoluta assistia nos cinejornais de saopaolo às cerimônias de nuremberg às fitas de leni riefenstahl acompanhou as olimpíadas de 1936: estava decidida a voltar! tomou um vapor em santos primeira classe guardadas economias raspara todas em doze anos de serviços às meninas ao rapaz Emma voltou era de dresden trocava cartões ligava duas vezes por ano mandava notícias até 1941 1942 notícias foram escasseando o jovem Kurt com radio amador clandestino o sr Otto mantinha contato com o consulado depois do brasil na guerra menor ainda o contato ainda me lembro Kurt já velho contando num bar alemão em moema o espanto no rosto da mãe: no fim da guerra um telegrama tardio: Emma tinha morrido no terrível bombardeio de dresden cidade calcinada pelos aviões da raf Emma não tinha quarenta anos voltou a alemanha envenenada pelos discursos do fuhrer morreu no horrível bombardeio de dresden a terrível persuasão de hitler dizia a sra Elizabeth deu nisso a persuasão das trevas Emma em dresden

FOI EM ORLY

eu me vejo naquele 11 julho 1973 agora Roberta só comigo filhos casados netos estudando em londres chove na varanda parece tudo propício lembrar gota por gota esbatendo o vento sobre a piscina estranho sempre o poder das piscinas sobre mim as piscinas noturnas talvez pelo recorde de adolescente no paulistano a piscina do paulistano virgem do mundo na puc descoberta do amor por Miriam que me levara aos encontros da une aos cinemas japoneses da liberdade Miriam que extraía de mim aquela vontade informe por nietzsche depois me ajudou a ler sartre com método quando sartre já ia sendo superado por deleuze barthes Miriam que tinha barthes de cabeça Miriam que me ensinou no corpo todos os seus e nossos fragmentos dum discurso amoroso Miriam com quem viajei de bug até o guarujá com quem viajei pelo lsd e voltamos incrivelmente porque logo depois perdemos um colega de puc esquizofrênico que não voltou do lsd não voltara dos beatles enquanto Miriam eu já ouvíamos hendrix clapton só na maconha de leve Miriam que não foi quem me levou ao núcleo da consolação do mr-8 não queria ela metida na subversão Miriam entrou à minha revelia no mr-8 Miriam loira nós dois loirinhos meio chamados de "cléo & daniel" experimentadores de tudo do poder do orgasmo Miriam que lia inglês na fonte de reich repartimos mesma câmara de orgônio Miriam seria inacreditável até para hoje quando a noite cai e 11 de julho de 1973 começa a ficar mais nítida nesse carnaval mudo 2021 lembro que todas noites com Miriam tinham glamour de antonioni os dois formados na puc eu caíra num aparelho do mr-8 Miriam ganhando por aulas de literatura inglesa Miriam traduzindo sylvia plath Miriam Miriam inacreditável parecia descobrir modas tendências recordo os seios miúdos as axilas recém-depiladas posso recordar rumores noturnos meus Miriam as batas de Miriam no quarto sala de perdizes a psicodelia de Miriam nos luais em boracéia ela que ouvia cat stevens antes da patota nem ouvir falar imagine ouvir cat stevens Miriam articulou minha defesa olhou por meus pais passara 1971 em cana Miriam Miriam... me ajudou a terminar arquitetura na usp nos juntamos para morar no quarto sala de perdizes estagiava num escritório babaca Miriam me segurando para não voltar à luta armada Miriam me segurando para não partir para o araguaia Miriam Miriam louca por foucault cismou em me encontrar em londres chelsea onde fui representar escritório babaca 1973 clima insuportável anos de chumbo só Miriam me saciava ouvindo clapton cat stevens descobrindo elton john louco pela chegada de Miriam amanheci cedo fui para o café picasso onde amigos brasileiros ainda falava de caetano gil mautner pelas mesas do café picasso chelsea esperando Miriam lendo anthony burgess esperando Miriam Miriam com quem iria para paris assistir seminário aberto de foucault nossa primeira viagem juntos na europa Miriam não me sai da cabeça nesse carnaval mudo da cabeça esperando Roberta voltar das compras minha cabeça naquele dia 11 julho 1973 peço chopp duplo esperando Miriam "cléo & daniel" livres por chelsea conjugado estiloso esperando Miriam meu amigo steve vejo de longe pelas ruas de chelsea lívido rosto devastado: Miriam no voo 707 varig rio londres caíra nos arredores de paris orly incêndio no banheiro morrera agostinho dos santos o filho da puta do fillinto muller carrasco no estado novo carrasco presidente da arena Miriam Miriam vinte e três anos no voo 707 eu chopp amargo no café picasso o que estaria fazendo lendo ouvindo Miriam aos setenta anos onde Miriam em minha vida enquanto espero roberta para ligarmos juntos para o whatsapp dos netos londres onde me perdi com Miriam no tempo...

SOHO

até que parou para escolher um lugar para ler e escrever divisar um cenário sólido pela janela depois de quarenta anos o agente secreto duma potência estrangeira a serviço de interesses obscuros sem sentir parte de nenhum tivera um filho numa passagem por malta queria sempre notícias de seus progressos mantinha a ideia de paternidade atuante que lhe era terrível não nascera com vínculos amara Anna sem devotar-se até surgir Fred com quem recolhera livros discos hábitos tranquilos numa aldeia diante dum lago recluso rodeado dum comércio discreto suficiente para suas vontades com uma linha de estrada de ferro sugerindo contato útil com o mundo que visitava para abastecer-se de mais intimidades Fred tinha sido auxiliar em londres agora por vezes dormiam de mãos dadas o bastante para chamar de amor algumas ocasiões sonhamos acordados outras nem isso o desejo tão cortante nessa forma em que estamos embutidos algum sentido de sentimentos que voam como patas de elefantes...

Este livro foi impresso em papel
pólen soft, com a tipologia Calibri 12/15
durante o verão de 2022